Collection

Cinq mots pour une histoire

Jo Le Lay

Les Nouvelles

Tome 3

© 2019, Jo Le Lay

Éditeur: BoD-Books on Demand
12-14 rond-point des Champs-Élysées, 75008 Paris
Impression: Books on Demand, Norderstedt,
Allemagne

ISBN: 978-2322115310-
Dépôt légal: 2018

Préface

Juillet 2016 le salon du livre de Locquirec était annulé. Je pris un tel coup au moral, ne voyant pas de solution de remplacement pour vendre mes livres, que je décidai d'arrêter d'écrire. Grosse déprime. Je postai donc un message sur ma page Facebook, succinct et, apparemment définitif.

10 minutes plus tard je recevais une réponse de ma plus grande lectrice, Janick, pour ne pas la nommer, qui me sommait de continuer! Que même si elle était la seule à me lire, je devais reprendre l'écriture. Elle avait raison. Et comme elle m'avait rajouté « Je te lis AVANT d'aller chercher mon journal quotidien dans ma boîte à lettres. » je me sentis fautive. Et puis une seconde lectrice, une troisième... bref au bout de plein de messages, je me décidai: plus de livre. Mais un texte quotidien sur Facebook.

Et puis, au fil des jours, une idée... Un défi. Pour celles et ceux qui me suivaient sur Facebook. Je vous proposai de vous écrire, à chacune, à chacun, un texte personnel. Chaque personne qui allait me donner 5 mots recevrait en échange un texte... incluant ses 5 mots. Je pensais écrire une semaine. Qui s'est prolongée sur un mois... puis plus car en fait j'ai écrit 100 textes en 100 jours!

Pour fêter ce défi bien mené, mené à bien, mené si loin, j'ai décidé, grâce à mon amie webmaster[1] de BMA Web conseil, de faire éditer ces textes. Je les ai triés pour les classer en 4 tomes. Voici le tome 3 regroupant les nouvelles.

---

[1] NDLR: La fameuse webmaster, lors de la mise en pages de ce livre, n'a pu s'empêcher de faire quelques commentaires au fil de l'eau pour vous guider dans ces défis ... Elle vous prie instamment de l'excuser pour les éventuels «désagréments occasionnés ».

Table des matières

Petite chronique navale

Pour Ney

NDLR: Pour démarrer en douceur, je vous donne les mots imposés: florilège, arabesque, chanson, merveilleux et alizés.

La Bretagne est un pays merveilleux, connu pour ses artichauts croquants, ses oignons rosés Roscovites, sa météo parfois changeante et ses bretons au tempérament bien trempé.

Mais la Bretagne est aussi connue pour ses marins. Pêcheurs ou navigateurs, ils ont un courage à toute épreuve. Autrefois, des Malouins ont eu la folle idée de traverser l'Atlantique, suivant les vents alizés les emportant vers un nouveau continent. Ils y fondèrent la belle province de Québec.

Aujourd'hui, ils s'en vont régater autour du monde ; parfois en équipage, parfois seul à bord d'un bateau de 18 mètres, se lançant dans une course sans escale, sans assistance. Chaque navigateur se retrouve sur un bateau de course, seul pour décider, seul pour tout manœuvrer, seul pour tout réparer. Seul face aux mers et océans. Aux tempêtes, aux pannes de vent, aux vivres qui diminuent. Pendant un peu moins de 80 jours pour les plus rapides. Certains doivent la mort dans l'âme, abandonner la course pour avoir heurté un « ofni » (objet flottant non identifié) eh oui, la mer est devenue une immense poubelle.

Et nous, terriens, nous les suivons, les yeux rivés sur les réseaux sociaux, nous partons avec eux. Nous naviguons par procuration. Nous les suivons à la trace, nous guettons leurs petites vidéos nous vivons leur quotidien. Leurs petits pépins, leurs grosses galères. Alex, qui panse son bateau boiteux parce que son « foil » tribord a éclaté en morceaux après avoir heurté quelque chose. Stéphane qui, alors qu'il se reposait enfin un peu, est réveillé par un énorme bruit suivi d'un choc retentissant: son mât cassé net gît moitié sur le pont, moitié dans l'eau. La grand voile, naguère magnifique aile filante dans le ciel bleu sans nuages, traîne maintenant dans l'eau, susceptible de faire couler le bateau. Vite trouver un outil tranchant, rapidement couper les bouts et cordages qui relient encore cette voile devenue inutile au bateau arrêté net dans son élan. La si belle arabesque multicolore dessinée sur la voile, symbole du mécène sans qui ce voilier n'aurait pas pu s'aligner sur cette course prestigieuse, est en train de couler. Elle disparaît rapidement au fond de la mer. Il va falloir abandonner. Après plus de 50 jours de route. Après plus de la moitié du parcours.

Et que dire de Thomas, qui est déjà monté plusieurs fois en haut du mât pour réparer un aérien, démêler un bout, changer un chariot de grand'voile cassé. Cette nuit, lui aussi a heurté violemment quelque chose. Tombé de sa couchette, il a mal aux côtes. Il se relève, les pieds dans l'eau. Une sirène stridente lui brûle les tympans. Vite brancher la pompe et couper la sirène. C'est grave. Dehors il constate les dégâts. Irréversibles: le bateau est déchiré. L'eau rentre de partout. Miraculeusement il ne fait pas nuit. Miraculeusement Les côtes australes ne sont pas trop loin. Il abandonne la course. Il n'abandonne pas son navire.

Et le coup au moral quand, arrivé fièrement au point Némo, là-bas, tout en bas du globe, le point en plein océan le plus éloigné de toute terre, tu entends que le premier skipper a bouclé la boucle, il est rentré. Il a mis moins de 80 jours. Toi, tu n'as fait que la moitié du chemin. Tu en es à ton premier tour du monde en solitaire. Tu es le dernier, tu fermes la route. Devant toi, le dernier des trois caps à passer. Le Cap Horn. Le plus redoutable des trois. Le plus redouté. Alors tu postes une petite vidéo dans laquelle, bravement, tu te mets à entonner la chanson qui te redonnera le courage d'avancer. Pour donner le change à ta femme, à tes amis, à tes équipiers restés à terre et qui prient chaque jour que Dieu fait pour que tu rentres sain et sauf. Pour que tu vives ton rêve jusqu'au bout.

Devant toi, Kito lui, a eu moins de chance. Sa quille a heurté elle aussi un « ofni » mais là c'est la catastrophe. Arrachée, elle a laissé place à un trou béant. Le bateau prend l'eau. Trop vite. Les pompes sont noyées. Le voilier s'enfonce. Il va falloir le quitter. La mort dans l'âme le solitaire doit se résoudre à envoyer un appel au secours. Un navire va l'entendre, il va se dérouter, il va le trouver. Le bateau est perdu. L'homme est sauvé.

Derrière, puisque tu fermes la marche, tu relèves fièrement la tête: ton vieux bateau en a connu d'autres. Tu arriveras quand tu arriveras. Voilà. Tant qu'il y a des couchers de soleils, des albatros et à manger, tout ira bien. Alors tempête après tempête, mille après mille, te fiant à tes instruments et suppliant ton pilote automatique de ne pas te lâcher, tu serres les dents, tu cherches au fond de toi les dernières ressources pour trouver comment réparer, comment terminer cette course de folie.
Les jours où tout va bien, tu sors ton florilège de chansons de marins. Et tu les chantes au vent, tu les chantes aux

dauphins venus jouer autour de ton bateau. Tu chantes à pleins poumons. Tu chantes dans les embruns. Tes yeux brûlants de sel. Ta peau craquelée burinée par le soleil.

Le bateau glisse enfin de nouveau dans les alizés qui vont te porter jusqu'au but; Il ne te reste plus très longtemps à tenir. Ça tombe bien, tu n'as plus assez à manger vu que tu n'avais emporté que pour 100 jours de nourriture. Va falloir te rationner. Allons, Plus que quelques couchers de soleil, plus que quelques nuits seul en mer.

Bientôt tu reconnaîtras la côte.

Bientôt de nouveau des bateaux t'entoureront.

Bientôt tu remonteras le chenal! Ovationné par tous ces gens que tu auras fait rêver.

Et le ponton tanguera sous tes pas.

Et la foule t'applaudira.

Tu seras le dernier.

Qu' importe.

Tu auras réalisé ton vœu le plus cher: tu auras bouclé ton tour du monde.

En solitaire.

NDLR: Vous avez oublié de vérifier si les mots imposés par Ney étaient bien là? Vous pouvez relire... mais pas de doute, ils y sont tous!

Le cadre

Pour Philippe G.

NDLR: Pour cette histoire essayez de ne pas regarder les mots imposés avant ... Ne trichez pas!

merle, laçon, neige, feuillus, palmier

Par ce dernier lundi de février, Philippe, assis à son bureau, croulant sous les lettres de clients, les mails de clients, les appels en attente de clients, se demande par quel bout commencer sa semaine. La finance, c'est la finance, avec ces lois, ces articles, ces décrets qui n'en finissent pas de changer, il lui faut même travailler la nuit pour être à jour le lendemain. Vive le B.O. Vive l'ordinateur portable.

Il aime son métier, ça c'est certain, mais pas ce qu'il est devenu. Perdu dans ses pensées, il entend à peine le merle chanter dans le jardin. Il a de bons poumons ce petit merle! Même avec la fenêtre fermée, on entend bien son chant. La neige a enfin fondu. L'oiseau cherche dans la pelouse détrempée de quoi se nourrir. Bientôt arrivera le temps de refaire le nid. Il doit reprendre des forces.

Dans un soupir, Philippe décroche le

téléphone avec, sous les yeux, la liste de ses clients à rappeler d'ici midi. Heureusement que Catherine, sa dévouée secrétaire, tient la route... et le standard. Il peut se reposer sur elle.

Au bout d'une grosse heure, il en a fini avec cette liste. Il attaque le courrier. Ce qui va lui prendre encore un bon moment. Lire, dicter ses réponses (vive l'enregistreur numérique). Et hop il passe aux dossiers. La pile est haute, très haute. Mais bon. Philippe ouvre le premier.

Ah oui, c'est ce pharmacien qui vient de prendre sa retraite. Dossier compliqué et épais comme ça. Ce client qui veut tout vendre pour partir loin, au soleil. Ah! Le soleil.

Contrairement à ce que certains aiment croire, du soleil, on en trouve pas si loin. On en trouve en Bretagne. Mais oui. Discrètement, le regard de Philippe glisse de la première page du dossier vers le cadre photo sur son bureau. Un cadre électronique, numérique, vous savez, un de ceux dans lequel on glisse une carte mémoire pleine de photos. Et quand il fonctionne, un diaporama s'affiche.

Clic, d'un doigt, Philippe a mis son rêve en marche. Première vue: l'île Verte à Locquirec, un jour de marée basse à fort coefficient. C'est sa chérie qui avait pris cette photo. Comme pratiquement toutes les autres d'ailleurs. Elle adore ces nouveaux gadgets. Il est vrai que celui-ci est magique. Philippe la revoit même prenant cette photo, un grand sourire aux lèvres, heureuse, les deux pieds bien enfoncés dans la mousse épaisse du bout de l'île, ce bout d'île auquel on ne peut accéder que quand la marée part loin.

La seconde photo, à contre jour, fait briller le sable humide comme une mer de plomb. Au-dessus un ciel immensément bleu, bleu lagon. Et le soleil éclate de mille rayons. En Bretagne! Mais oui, la magie des contrastes. Pourquoi croyez-vous que des peintres célèbres sont venus jusqu'à Pont-Aven si ce n'est pour jouer à essayer de capturer cette luminosité lustrée que nos paysages nous adressent parfois?

Quelques photos plus loin, voici le vieux cyprès arthritique, dans le jardin de la vieille maison, ou plutôt de la néo vieille maison, de la pointe du château. Mille fois tordu, mille fois brisé, il lui reste une branche qu'il a fait pousser à l'horizontale, comme un bras tendu vers l'horizon. Il a connu le casino de Locquirec, il y a plus d'un siècle, il a connu les allemands envahisseurs. Sur la photo, il tient encore debout. Hélas l'hiver dernier la tempête d'équinoxe a fini par avoir raison de lui et l'a déraciné. Mais dans le cadre numérique, il dresse encore fièrement son bras unique dans un ciel bleu pacifique.

La photo suivante, sa préférée: ses deux filles, encore toute jeunes, courant, riant, cheveux au vent, dans le chemin du Tour de Pointe, des larmes de joie brillant dans leurs yeux émerveillés.

Et maintenant voici le palmier qui essaie de résister au sel marin derrière la maison de la tante unique et préférée de Philippe. Un long tronc maigrichon couvert d'écailles, haut de quatre bons mètres, avec à son sommet quelques feuilles encore bien vertes. Oh bien entendu ce n'est pas un phœnix ce palmier. Mais quand même, il a encore fière allure au pied d'une des plages les plus ventées de chez nous. C'est dire si le climat breton est bon pour la végétation.

A la vérité, les arbres feuillus tiennent mieux, c'est vrai. En voici pour preuve la seconde photo que Philippe affectionne tout particulièrement: la rangée de vieux tilleuls du jardin de l'hôtel de Paulo Seité. Ces tilleuls qui dominent la Roche Tombée. La photo, prise à marée haute, au printemps, laisse deviner à travers les bourgeons à peine éclos, cette roche en forme de navire de guerre. Cette roche qui semble protéger l'entrée du port. Cette roche qui semble veiller vaillamment sur les petits voiliers qui régatent sur le plan d'eau. Dans un ciel bleu azur et une mer turquoise.

Ah ça non, notre Bretagne n'a rien à envier aux rives ensoleillées de la Méditerranée ou de la Floride. Non mais.

Le diaporama est terminé. Philippe est requinqué.

Il baisse les yeux sur son dossier. Il a trouvé la solution idéale pour son client. Et dans sa tête, il est prêt à relever le défi. Il va trouver la solution pour chacun d'eux. Car oui il l'aime son métier. Qu'importe finalement ce souci quotidien de se mettre à jour, de se battre avec ces changements perpétuels de lois, d'articles et de décrets. Ses clients comptent sur lui. Il est prêt.

NDLR: Bon maintenant vous pouvez retourner le livre pour découvrir les cinq mots. Comment ça, c'est déjà fait?!?...

Le langage des fleurs

Pour Katell

NDLR: Cette fois ci, je ne vous les donne pas. Non pas la peine d'insister! Laissez-vous porter par l'histoire.

Toute petite déjà, Katell adorait la nature. À toutes les saisons. Mais avec une petite préférence pour le printemps. Et comme Katell passa toute son enfance dans la campagne bretonne, les saisons, elle les connaissait par cœur.

Quand elle était à l'école, elle n'attendait qu'une chose: que la cloche sonne et libère les enfants! Katell s'envolait alors et rentrait à la maison en courant par le chemin des écoliers. Le long des fossés couverts de primevères, sur les talus replis de marguerites, dans les sous-bois où les jacinthes sauvages montraient le bout de leur nez. Katell les adorait toutes ces taches multicolores cachées dans le vert tendre printanier. Elle se faisait des colliers de fleurs, des bracelets, des pendentifs. Des couronnes et diadèmes qui magnifiaient sa chevelure auburn bouclée et ses grands yeux verts. Et puis le dernier jour de l'école, fin juin, elle cueillait le plus beau bouquet de fleurs sauvages qu'elle offrait à sa maman en rentrant le soir, son cartable encore sur le dos.

– Méfie-toi ma fille, ou tu deviendras fleuriste, la taquinait alors son papa en riant!

Katell, lui rendant son rire et filait dans la cour de la ferme: elle ne supportait pas de rester enfermée. C'était le début de vacances, pour patienter en attendant l'arrivée de ses cousins, elle filait dans le pré voisin, se couchait dans les herbes folles, attrapant une fleur de pissenlit et, soufflant dessus, dispersait les mille petites graines à tous les vents de l'été. Oui, les fleurs étaient ses amies!

Mais les garçons se moquaient d'elle. Même Nicolas. Ah, Nicolas... C'était pourtant le plus beau garçon de la classe. Non, de l'école. Et même du bourg. Il avait des cheveux noirs, bien noirs et des yeux d'un bleu électrique! Et comme, en bon fils de fermier qu'il était, il avait la peau mate des gens qui vivent à l'air, le bleu de ses yeux ressortait encore plus! Mais Nicolas s'était acoquiné avec la bande de Louis et des mauvais garçons qui passaient leur temps libre à se moquer des filles.

Arrivée au bord de la rivière, celle qui séparait les terres de la famille de Katell de celles de la famille de Nicolas, la fillette s'assit sur un rocher et se mit à rêver tout en laissant sa main jouer avec l'eau un moment. Derrière elle, des bruit de pas la firent se retourner. Malheur! C'était Louis! Pour une fois il avait l'air seul. Mais cela n'enlevait en rien la méchanceté qu'il avait en lui. Il commença à se moquer d'elle et lui lança des boules de vase, ponctuant ainsi chaque grossièreté. La pauvre Katell essayait de se protéger comme elle pouvait en lui criant d'arrêter. Mais le vilain garçon, la sentant prête à pleurer, redoubla ses vociférations.

– Louis! Arrête! Nicolas venait de surgir sur la rive opposée. Il compléta son ordre d'un puissant

Laisse-la tranquille!

– Eh Nicolas! Viens jouer avec moi! C'est trop drôle, tu as vu comme elle a peur!

– Et moi je te dis d'arrêter ce jeu stupide!

– Quoi? T'es fou!

– Recule ou je t'en colle une!

– Dis donc le Nicolas! C'est moi le chef de la bande! T'occupe pas de mes affaires! Et d'abord je te vire! Dégage pauvre tache! Tu fais plus partie de la bande!

Et, ô miracle, Katell, apeurée et figée, vit son preux chevalier sauter dans la rivière (et dans un magnifique tee shirt orangé, soulignant sa musculature impressionnante qui faisait craquer toutes les filles, car ça, malgré sa peur, Katell avait eu le temps de l'enregistrer en un coup d'œil...) pour venir la sauver! S'ensuivit une belle bagarre, somme toute assez rapide: le Louis, sans sa garde rapprochée, s'avéra être un beau lâche ; et après avoir reçu un bon coup de poing sur l'œil gauche, il se retrouva couché sur le dos, Nicolas tranquillement assis sur lui.

– Fais toute suite des excuses à Katell, sale porc immonde!

– Et puis quoi encore?

– Fais des excuses tout de suite!

– Nan!

– Vas-tu t'excuser ou bien je te fais avaler ces herbes pour t'apprendre à ne plus dire d'insanités!

– Non! Nicolas! Pas ça! Cria Katell en lui retenant le bras! N'arrache pas ces fleurs, c'est du poison! Tu vas le tuer!

Nicolas suspendit son geste, hésita, puis jeta la digitale loin de lui. Resserrant ses jambes contre les côtes de son ennemi, il insista:

– Son pardon, demande-lui son pardon ou bien je t'en colle une autre!

– D'accord Nicolas! D'accord! Ne me tue pas!

– J'attends!

– Pardon Katell!

– Plus fort!

– Pardon Katell! Je m'excuse! Je ne

t'embêterai plus!

– J'ai ta parole Louis?

– Oui! Tu as ma parole! Katell aussi!

Nicolas desserra son étreinte, releva le garçon, mais sans le lâcher pour autant:

– Qu'est-ce qui me prouve que tu tiendras ta promesse Louis? Qu'est-ce qui me prouve que tu ne vas pas venir en force avec ta bande, pour te venger?

– Ben, euh, rien. Juste ma promesse. Mais je te jure que je la tiendrai! De toute façon l'an prochain, on va tous au lycée alors, on sera séparés. La bande, elle va éclater. Je te jure Katell que je tiendrai ma promesse: On va arrêter de vous embêter. Et je te remercie d'avoir pris ma défense, tu sais, pour les fleurs, là. Elles sont vraiment dangereuses?

– Ce sont des digitales Louis. C'est un poison dangereux pour le cœur. Je n'ai pas menti.

– Merci Katell. Merci. Je pars. Et je te promets que je ne reviendrai pas. Du moins pas pour t'ennuyer. Jamais. Plus jamais.

D'un regard Katell demanda à Nicolas de le lâcher. Louis partit comme il était venu.

Nicolas ne disait rien. Il souriait!

– Oh, ton pauvre tee shirt Nicolas! Tout sale et en lambeaux! Que vont dire tes parents?

– Oh ne t'en fais pas pour ça! Ce n'est pas la première fois que je me salis! Et puis c'est un vieux tee shirt. C'est pour ça qu'il n'a pas tenu la bagarre!

– Tu lui as fait un sacré coquard à Louis! Son

œil commençait même à enfler!

– Je n'en suis pas si fier. Les bagarres, c'est stupide. Au moins autant que les insultes! Dis donc tu t'y connais en plantes!

– Oui, mais je préfère les fleurs! et je connais leur langage!

- Le langage... des fleurs?

- Eh oui! On attribue un sentiment à chacune d'elle. tu vois cette renoncule sauvage, c'est la messagère des compliments. Ce petit myosotis, c'est le symbole du souvenir.

– Si tu veux, je peux te montrer la cour de notre ferme, maman adore les fleurs elle aussi. Elle en fait pousser partout. Tu, euh, tu veux venir voir?

Et c'est ainsi que Katell passa le plus bel été de sa vie de future lycéenne, pendue au bras de Nicolas, le plus beau de tous les garçons de l'école. Et même du bourg!

Et si vous voulez tout savoir, elle est vraiment devenue fleuriste! Elle tient un magnifique magasin à Lanmeur. J'aime particulièrement les bouquets ensachés dans un bel emballage dont la base arrondie fait office de vase. Et faites- moi confiance, pour vos réveillons et autres soirées particulières, Katell, notre bonne fée, saura vous aider à embellir votre table de banquet de magnifiques bouquets!

NDLR: Raté! Je me doutais que vous viendriez voir.

NDLR: Bon d'accord, je vous les donne ...

Les cinq mots sont: fleurs, pissenlit, enfance, rêver, orangé.

Il ne reste plus qu'à relire pour vérifier ...

Pardon ... Vous ne l'avez pas encore lu... vous vouliez absolument savoir avant de lire la nouvelle quels étaient les mots imposés ... Vous êtes incorrigibles!!!

Joyeux anniversaire

Pour Mimile

NDLR: Bon! Cette fois-ci, plus de tentation ... je vous mets les «mots imposés» directement dans le texte. Avec une lecture attentive, je suis sûre qu'aucun des cinq mots de cette nouvelle n'échappera à votre contrôle.

Il paraît que les voyages forment la jeunesse. Quand elle était petite fille, les parents d'Émilie l'ont emmenée en Espagne. Plusieurs fois. Bien sûr la plage, à deux pas de l'hôtel, c'était sympa. L'eau était chaude et jamais très loin. Il y avait même une piscine pour les résidents de l'hôtel. Et il faisait bon. C'était très agréable de savoir que tous les jours il y aurait du soleil, tous les jours, on pourrait ne s'habiller que d'un maillot de bain, d'un paréo et d'un chapeau (indispensable le chapeau là-bas, surtout pour une blonde! Et de l'écran total!).

Mais depuis quelques temps, c'est un autre voyage qu'Émilie voulait faire. Elle voulait aller à New York. Aux États-Unis. Depuis qu'elle faisait de la danse moderne. Sa prof de modern jazz venait de là-bas. Elle parlait très bien « la » français, comme elle disait, avec un drôle d'accent bien américain.

Souvent, après le cours, elle leur racontait la vie dans cette grosse métropole. Elle les faisait répéter un ballet qu'elle avait créé sur trois musiques de la comédie musicale « West Side Story ». Peut-être que c'est à ce moment-là qu'Émilie avait commencé à rêver à ce voyage. Elle avait même loué la cassette vidéo du film et elle était tombée raide dingue de Bernardo, le chef de Sharks, un jeune porto ricain. Ah George Chakiris! Quelle silhouette, quel profil. Quelle belle chute de reins! Elle l'avait revu par hasard dans un feuilleton américain, elle avait reconnu son port de danseur. Ah la quarantaine lui allait bien!

Mais bon, ce n'était pas que pour Bernardo qu'Émilie voulait voir New York. Elle « chattait » sur le net avec une copine qui avait vécu quelques mois dans le quartier du Yankee Stadium, pour faire un stage de kiné. Et qui, depuis qu'elle était revenue en Bretagne, rêvait d'y repartir et d'y retrouver un groupe de copains américains.

Le voyage en avion coûtait un bras. Son amie avait prévu le budget. Donc pour le financer, après ses cours à la fac en semaine, ses cours de danse les mardis et jeudis soirs, Émilie faisait vendeuse dans le magasin de fringues de la galerie marchande pas loin de chez elle, les vendredis et samedis soirs. Elle économisait depuis plus d'un an maintenant. Au printemps dernier, elle avait reçu de l'argent, pour son anniversaire. Sa cagnotte augmentait peu à peu. Il faudrait aussi prévoir suffisamment d'argent pour les visites des musées, des galeries d'art, et bien entendu de la soirée sur Broadway! Bon il n'y avait plus « West Side Sory ». Pas grave, elles avaient trouvé des places pour « Mamma Mia »! Pas données non plus les places! Mais Broadway... incontournable! Et puis il fallait penser au change, le dollar américain était bien remonté face à l'euro, dommage. Quant au passeport, biométrique, il fallait ajouter 90€ de plus!

Au total, Émilie se disait qu'elle aurait mieux fait de faire carrière dans la politique, eux ils ne payaient pas leurs billets, ni leur hôtel, pas plus que les dîners et soupers fins auxquels ils participaient! Elle se bagarrait souvent avec son père au sujet de nos despotes de la classe politique: le mercredi il suivait les débats grand-guignolesques à la télévision. Hémicycle quasiment vide, députés endormis, à la limite de la sénilité. Ouais, tous au SMIC plutôt ça irait mieux! Et çui qui ne vient pas ne reçoit rien. La même sécu sociale que nous et plus de passe droit! Non mais! Et plus aucune prime non plus! Et puis après leurs mandats divers et variés (qui a parlé du non cumul des mandats? la mairesse de la grande ville du coin était aussi député ET ancien ministre! Si!), plus rien; retour à la case métro boulot impôts!

Son copain Marc avait eu un point en moins sur son casier judiciaire, pour trois fois rien en plus. Ben maintenant il n'avait plus le droit de voter! Alors que nos chers (très chers) «politocards », nom qu'Émilie avait inventé et qu'elle affectionnait tout particulièrement, on leur découvrait des illégalités notoires partout, ils étaient mis en examen souvent, et par un petit tour de magie ils se retrouvaient « responsables mais pas coupables » et donc rééligibles tout le temps! A droite, à gauche, au centre, même combat! Tous pourris! Ah la galéjade! Vite un homme non politique! Qui s'y connaisse en économie! Qu'on vote pour lui!

Émilie était contente, son petit coup de « calgon » l'avait un peu rassérénée. Bon elle avait beau faire et refaire ses comptes, il lui manquait trop pour partir cet été... Son amie Sally allait devoir repousser le voyage d'encore un an. Tant pis, elle devait chasser ce souci et se faire belle ce soir elle fêtait ses 21 ans!

Elle finit de se pomponner, puis descendit dans la salle à manger. Les parents avaient vu grand, il y en avait du monde! Faire la bise à tous lui prit un bon moment. Tiens sa prof de modern jazz était là. Sally aussi! Et son petit copain!... quelque chose se tramait donc derrière son dos? Son papa fit le silence, sa maman prit la parle:

- Ma chérie, au jour d'aujourd'hui, la

majorité est à 18 ans. Mais il n'y a pas si longtemps, c'était à 21 ans! Mon petit doigt m'a dit que tu avais un rêve... Donc pour marquer ta double majorité et pour t'aider à réaliser ton rêve, voici un petit cadeau de la part de tous les amis qui sont ici ce soir. Ma chérie, nous te souhaitons tous un joyeux anniversaire!

Et, pendant que les invités entonnaient la fameuse chanson d'anniversaire bien connue, Émilie ouvrit la boîte que sa maman lui tendait. Dedans, elle trouva deux billets d'avion aller et retour, un au nom de son chéri, un à son nom, deux passeports, trois réservations de chambres d'hôtel et suffisamment de « travelercheques » pour un bon gros mois à New York.

- Il n'était pas question que tu partes sans ton chevalier servant, ma chérie! Et Sally a déjà fait sa valise. N'est-ce pas Sally? Bouclez vos partiels les enfants, New York vous attend!

Et comme Émilie ne savait plus que dire, elle fondit en larme pendant que son papa, fièrement, apportait l'énorme gâteau sur lequel trônaient les 21 bougies encadrant fièrement une grosse pomme rouge sur un drapeau américain.

C'est ainsi qu'Émilie apprit de la bouche de Sally que "Big Apple" est le surnom de New York!

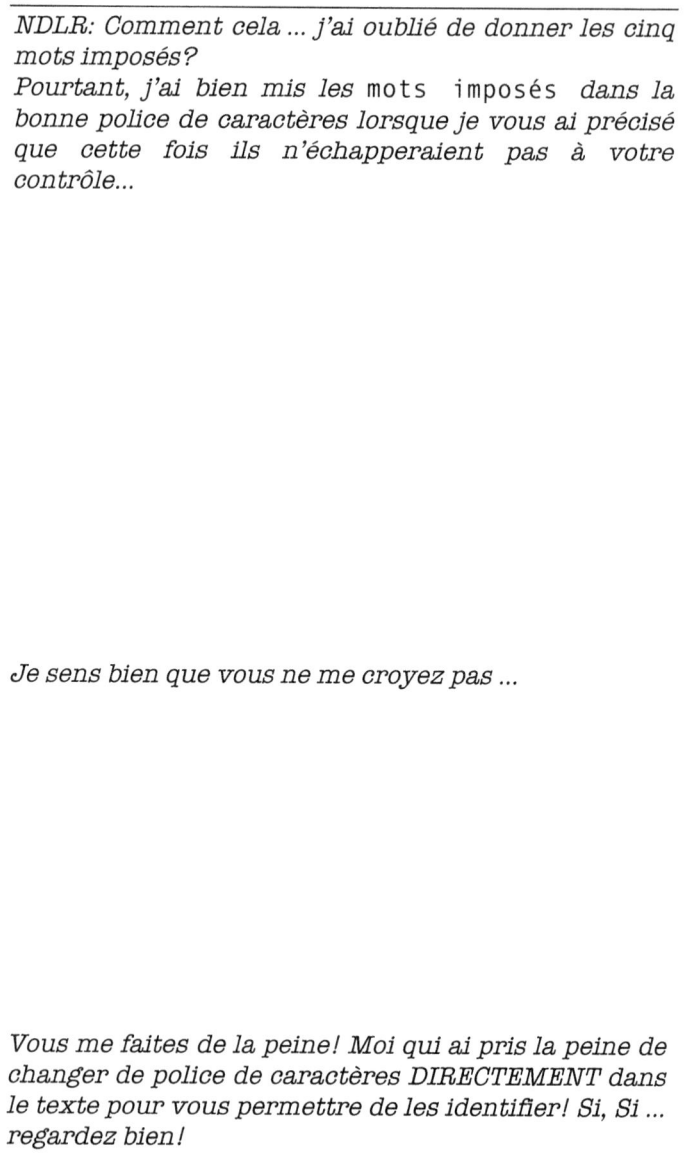

NDLR: Comment cela ... j'ai oublié de donner les cinq mots imposés?

Pourtant, j'ai bien mis les mots imposés *dans la bonne police de caractères lorsque je vous ai précisé que cette fois ils n'échapperaient pas à votre contrôle...*

Je sens bien que vous ne me croyez pas ...

Vous me faites de la peine! Moi qui ai pris la peine de changer de police de caractères DIRECTEMENT dans le texte pour vous permettre de les identifier! Si, Si ... regardez bien!

Ne me dites pas que:

Elle voulait aller à New   York.

est identique à

Elle voulait aller à New York.

Allez vous me faites marcher, bien sûr que vous aviez trouvé que les cinq mots imposés étaient:

> *printemps,*
> *anniversaire*
> *New York,*
> *danse,*
> *quarantaine*

Enfin pas dans cet ordre là forcément car c'est celui donné par Mimile mais rien n'oblige Jo à garder cet ordre!

Vive les vacances

Pour Sophie

NDLR: Vous me donnez du fil à retordre! Je vous donne les cinq mots avant la lecture du texte, vous les oubliez en cours de route ; je les mets à l'envers, vous êtes tentés de tricher ; je ne vous les donne pas, vous courrez vérifier avant de lire la nouvelle ; je les mets dans le texte, vous ne les voyez pas!

Alors aux grands maux les grands remèdes:
*les mots imposés sont: été, parfums, mer, enfants, sérénité. Et ... ils sont en **gras** dans le texte!!!!*

Ce qui est bien dans le fait d'avoir un travail, outre l'incontournable obligation de payer ses factures, ses taxes, ses impôts à la fin de chaque mois, c'est que l'**été**, on a trois semaines de vacances pour oublier ce travail. Voire plus de trois semaines si on a la veine d'être enseignant. Mais comme ce n'est pas le cas de Sophie, eh bien elle fait avec. Et comme elle est encore, à l'âge avancé de 24 ans (aïe si ça continue l'an prochain elle coiffe Sainte Catherine, ils ne vont pas la rater au bureau) célibataire et sans **enfants**, elle surfe sur internet, en douce, au boulot, cherchant désespérément un but de vacances ensoleillées pour ses trois semaines de congé de juillet. La

Normandie, c'est froid et le soleil n'est pas garanti. La Bretagne, c'est humide et venteux, trop iodé et trop salé. L'Alsace Lorraine c'est étouffant, comme le centre de la France. Le sud c'est rempli de touristes et les locations sont hors de prix. Mon Dieu mais où aller pour passer quelques jours de vacances en toute **sérénité?** Et sans se ruiner.

– Tu devrais essayer l'étranger, murmure une voix derrière son dos.

C'est Mohamed, son chef de bureau. Oups! Prise sur le fait.

– Ne crains rien, je ne te dénoncerai pas et puis on va dire que tu surfes pendant ta pause. Tiens, je t'offre ce café. Deux sucres et un nuage de lait, c'est ça?

– ...

– Non, je ne t'espionne pas. Je passais t'apporter ce dossier. J'ai vu, mais pas regardé! Tu cherches un coin pour tes vacances?

– C'est ça. Mais je ne trouve pas. Et toi Mohamed, où vas-tu cet **été**?

– Mes amis m'appellent Mo. Je rentre chez moi, au Maroc. Enfin la France, c'est chez moi, je suis français, mais j'ai gardé de la famille près de Marrakech.

– Ah! Moi je ne suis jamais sorti du pays. Ta famille vit dans quel coin?

– Eh bien, c'est un peu compliqué. Pour faire

simple, ma mère est d'origine kabyle. D'où mes yeux bleus. C'est une région qui se trouve au nord de l'Algérie, qui touche les bords de la Méditerranée. Mes ancêtres, du côté de mon père étaient des Berbères des Oasis au Pied de la chaîne de l'Atlas, au Maroc. C'était un peuple nomade qui faisait du commerce avec les touaregs, des cousins. D'où ma peau mate et mes cheveux noirs frisés. Voilà pour mes origines. Aujourd'hui, on a conservé le riad que mes ancêtres ont bâti entre Safi et Essaouira, côté Atlantique. Tiens regarde sur cette carte. C'est ci.

– Un riad?

– Imagine le désert brûlant, vide, sable et dunes à perte de vue. Le Chergui, un vent qui vient du Sahara, pire que le Sirocco. Il te décoiffe, il t'assèche. Soudain devant toi se dressent des murs faits d'argile beige, passés à la chaux, tout blancs très hauts, sans fenêtres. Juste quelques meurtrières, comme dans les châteaux forts. Dans le mur nord, le plus au frais, le moins exposé aux vents chauds une porte en bois sculpté et travaillé. Tu ouvres la porte. Et, comme par magie, tu te retrouves dans un jardin intérieur luxuriant. Un patio. Un havre de fraîcheur. Tu entends couler la source qui alimente un bassin bordé de palmiers. Tu sens tous les **parfums** de l'orient qui transpirent des pots de terre cuite dégoulinants de plantes vertes odorantes. La coriandre, la cardamome, le fenugrec et mille autres épices encore. Tu vois la palette des couleurs de la flore de chez nous. Tu touches à tous les coussins de moire et de velours qui ornent les canapés et qui sont prêts à accueillir ton dos fatigué. De chaque côté, ces hauts murs d'argile chaulés, blanc immaculé, ouvragés. Ils gardent la chaleur dehors, ils gardent la fraîcheur dedans. Chaque brique de chaque mur et de chaque cloison a été fabriquée sur place. Les hommes ont commencé par chercher un puits. Ils se sont installés quand ils l'ont trouvé. L'eau est source de vie. Sans elle tu meurs. Tout meurt. Ils ont capté cette eau , ils l'ont mélangée à la terre que leurs pieds foulaient. Ils ont façonné les briques, le Chergui les a séchées. Ils ont monté les murs au fur et à mesure qu'ils creusaient le patio. Ma mère habite toujours là-bas. Bien qu'elle soit veuve maintenant, elle n'a jamais voulu venir me voir en France. Pour elle je suis comme un paria. Mais elle adore quand je viens au riad! C'est la fête quand je vais la voir. C'est pour ça que je ne prends jamais de vacances en dehors du mois de juillet. Je pars les cinq semaines. Je dois amortir le billet d'avion!

– Ton pays te manque-t-il?

– Mon pays? Mon pays c'est le monde entier. Je n'aime pas les frontières. Mes ancêtres étaient nomades. J'ai ça dans le sang. Mais oui, le riad et ma mère me manquent. Si je pouvais déplacer le bureau là-bas je le ferais!

– Tu me fais rêver, Mo!

– Et si je te proposais de venir avec moi? Il y a plein de chambres au riad. Et il y a tant de choses à visiter. Je pourrais te servir de guide. Ma mère t'apprendrait même à cuisiner! Elle fait la cuisine comme personne et tu sais il n'y a pas que le couscous là-bas! De toute façon le couscous de maman est complètement différent de celui qu'on mange par ici.

– Mo, tu es fou! Je ne connais même pas ta famille!

– Ma famille? Au riad il ne me reste plus que ma mère, sa sœur, ma tante, et leur jardinier. Et plus elle a d'invités plus elle est heureuse. Tu seras la bienvenue. Laisse-toi faire!

– Mais... je ne sais même pas si mon passeport est encore valide et...

– Tu as trois bons mois pour te préparer tu sais, je ne pars pas demain! Et puis je suis certain que tu n'as jamais vu de chameau...

– Euh si au zoo de Vincennes et sur les paquets de Camel!

– Eh non sur les paquets de Camel ce sont des dromadaires! Le chameau a deux bosses! Eh bien mon cousin en élève pour balader les touristes. Tu verras on est bien dessus, on voit la vie de haut!

– Ah non Mo, pas les chameaux!

– Si! Et on n'est pas loin de la **mer**, je connais des jolies criques. Tu sais nager?

– Oui et j'ai mon brevet de plongée. Enfin seulement les niveaux 1 et 2.

– Parfait! Bon eh bien, oh attention voilà le boss! On en reparle ce soir, je t'invite à dîner!

– D'accord! Merci Mo!

– À toute à l'heure dans l'ascenseur!

Et tout en rêvant à une promenade à dos de chameau dans les dunes de l'Atlas, Sophie se remet au travail. En se demandant bien comment Mo a su pour le lait et les deux sucres. Le plus drôle, c'est que Mo est son chef depuis deux ans. Jamais ils n'avaient échangé plus de quatre phrases. Et là, Sophie se sent toute bizarre: elle a un rendez-vous galant Elle n'a qu'une hâte, c'est que la journée se termine. À bas Sainte Catherine!

NDLR: Comment? .... Ce n'est pas bien de rapporter! Qui vous a dit que j'avais relu plusieurs fois pour ne pas omettre un des mots si habilement casés dans ce récit par notre écrivain préférée, notre Jo Bretonne et bientôt Nationale à n'en pas douter?

Ces petites notes « récréatives » n'avaient pour seul but que de vous convaincre, s'il en était encore besoin, du talent de Jo. Car si écrire une histoire qui se tienne à partir de 5 mots imposés n'est pas si aisé, il est si facile de les oublier à la lecture en se laissant porter par le récit où les mots s'enchainent sans que l'on ne s'en aperçoive ... et c'est peut être aussi bien ainsi!

C'est là toute la beauté de ces défis servis par l'immense talent de Jo dont je vous laisse profiter sans plus vous interrompre!

La « wiki dream team »

Pour Eva

Avec les mots: dragons, dessins, Photoshop®[1], wiki, dinosauripad

Je vous ai déjà raconté ma passion de monomaniaque pour une application vidéo d'élevage de petits dragons. Pour le fun, hein, pas pour la bagarre. Et je vous ai raconté comment je suis entrée dans le groupe du forum et du wiki français qui aident les petits nouveaux dans ce jeu. Ce que je ne vous ai pas raconté, c'est comment j'ai pu devenir une pro (restons modestes) pour le découpage, le recadrage des images puis leur remisage dans la banque de données qui alimente le wiki du jeu. Voire pour monter un petit clip avec plusieurs images fixes.

En fait, je frime un max mais nom d'un petit dragon de feu, qu'est-ce que j'en ai bavé pour y arriver! Et ma prof aussi, la pauvre! Quelle patience elle a eue! Faut dire à ma décharge que je n'avais jamais mis mes

---

[1] Photoshop® est une marque déposée par la société Adobe

[2] *NDLR: Merci à Janick, Fabienne et les deux Fred!*

[3] *NDLR: Vous le découvrirez plus encore avec les tomes suivants* 37

doigts sur un logiciel de montage d'images!
De plus j'avais une tablette de première
génération, qui ne faisait pas office
d'appareil photo mais qui faisait des
captures d'écran (je ne savais même pas
faire! J'ai appris ça en apprenant tout le
reste!) et qui « plantait » régulièrement à
chaque mise à jour du jeu (ou de la tablette).
Il ramait tellement mon pauvre appareil,
que je l'avais surnommé affectueusement
mon « dinosauripad », c'est vous dire.

Ce qui s'est réellement passé, c'est que,
autour de notre chef vénérée, Ney, la grande
prêtresse qui connaît à elle seule toutes les
ficelles du jeu, on a créé une petite équipe,
chaque membre ayant un rôle bien défini.
Dans cette « wiki dream team », nous étions 6
pour aider Ney qui jusque là faisait tout
toute seule! De la capture d'image au dessin
fini et enregistré dans la banque de données,
puis programmé, ligne après ligne, dans le
wiki. Un travail de fourmi. Mais un travail
de titan aussi. Et mon rôle était donc de
traiter les captures d'images. Sans n'avoir
jamais fait ce travail.

Heureusement qu'un des membre de
l'équipe, doué pour la programmation autant
que pour le découpage photo, choisit l'un et
me donna des cours sur l'autre. Via des
mails et copies d'écran à l'appui. Avec des

tas de flèches de tas de couleurs avec annotations un peu partout. Un didacticiel quoi, rien que pour moi! J'avais un bon prof au moins, et patiente! Heureusement.

Et je me suis retrouvée à travailler sur le logiciel Photoshop®. Le principe est très simple: on ouvre le logiciel (ça je sais faire) on importe une photo (trop facile, c'est comme un texte dans un traitement de textes!) elle apparaît dans une fenêtre (tout pareil je vous dis! Trop facile), et là, à droite, il y a la banque d'outils. Ah oui, je la vois. Jolis tous ces petits symboles. Ça sert à quoi? Et c'est là que le jeu s'est franchement compliqué: je devais travailler sur des calques (sont où?) utiliser le lasso (le truc pas magnétique hein! Parce que l'autre, faut savoir comment il fonctionne. Sa logique, c'est pas ma logique) pour découper pixel par pixel (sans rogner Jo, sinon tu recommences! Oui Eva! Bon alors je recommence.). Mais après (non le didacticiel n'est pas fin) il fallait encore au moins 4 manipulations (pour les pas nuls, moi l'a fallu 150 manips. Au moins.) pour avoir l'image finale, propre, nette, AVEC LA BONNE TAILLE D'IMAGE ET LE BON TYPE D'EXTENSION! Ah y en a qui n'ont pas compris?! J'suis donc pas la seule à avoir ramé comme une malade! Traduction (parce que maintenant, je sais faire!) l'image d'origine avant traitement faisait au bas mot du 2500 x 1200 pixels et le produit fini ne devait pas dépasser 800 x 400 pixels. Le tout en .png et surtout pas en .jpeg! Voilà! Simple n'est-il pas? Une fois le didacticiel lu, compris, assimilé et utilisé, je suis devenue une pro! (non, pas question que je vous avoue que ça m'a pris pas loin de six mois). A l'époque, on traitait au moins 6 images par dragon (quand j'ai passé la main on avait plus de 250 dragons dans notre liste alphabétique), ainsi que les décorations, les bâtiments etc. On rigolait bien!

Et c'est presque par hasard que j'ai su que ma prof si gentille et si patiente habitait, elle aussi, pas loin de chez moi! Je croyais, au vu de ses explications professionnelles poussées mais à ma portée, qu'elle était prof. De techno ou de français...

C'était il n'y a pas loin de 4 ans. Elle passe son bac cette année!

Merci pour la patience dont tu as fait preuve, Eva, merci pour ta gentillesse, ton ouverture d'esprit et ta disponibilité! Et longue vie à toi dans la voie que tu auras choisie.

Des goûts et des couleurs

Pour Michèle

Avec les mots: sourire, forêt, soleil, jardin, amour

Je ne sais pas pour vous, mais moi, je hais les nains de jardin.
Ils sont laids. Ils ne servent à rien.
Enfin, sauf dans la chanson de Renaud, où le nain de jardin, volé par un voisin, illuminait le quotidien apparemment bien terne d'un petit retraité de pavillon de banlieue.
Moi je suis une très jeune retraitée, bien dans ses sabots, et je n'ai en rien besoin de ces machins pour éclairer le mien, de quotidien!

Un jour, une amie m'a offert une de ces lampes solaires qui fonctionnent avec des capteurs. Génial! Aucune dépense d'énergie! Les petits panneaux chargent une batterie grâce au soleil. Bonne idée pour éclairer ma jolie mare, au fond de mon joli potager.

Hélas, trois fois hélas, ladite lampe était enfichée sur une sorte de canne tenue par un de ces affreux gnomes, repoussant à souhait. On ne voyait que lui: bonnet rouge vif, pantalon orangé, veste violette, barbe de père noël blanc jaunâtre, regard de débile profond.

Et mon amie d'insister: « Tu vois comme il a fière allure au milieu de tes légumes! Près de ta citrouille, on dirait un arbitre de match de foot! » Ce qui me donna de suite une idée.
Sitôt mon amie partie, je revins dans mon si joli potager, j'armai mon tir et vlan! Je ratai ma belle citrouille, que j'avais élevée avec amour pour Halloween, et je chopai l'ignoble nain entre les deux omoplates! Yes! Sans toucher à la lampe! Je marquai le but de la mort qui tue! Un sourire sardonique aux lèvres, les bras levés en signe de victoire!

L'Hideux sombrait déjà, à moitié fracassé, dans les tréfonds de ma mare. J'en regrettai presque l'hyper fonctionnalité de mon filtre: l'eau bien trop limpide laissait apparaître une tache rouge vif, teintée d'orangé et de violet, avec une ombre blanc jaunâtre.
Dans un « blop », le bonnet refit surface pendant que le reste coulait irrémédiablement. Bien fait. Je repêcherais le bonnet plus tard, en toute discrétion, à coups d'épuisette.

Tout heureuse, je me retournai pour rentrer savourer ma vengeance, mon apéro et la vue de mon jardin depuis ma baie vitrée, et me retrouvai nez à nez avec mon amie. « J'ai oublié mes clés. J'ai tout vu. Tu ne l'aimes pas mon cadeau, hein? » Penaude, je ne savais que dire. Je trouvai juste « Si si, j'ai juste raté la citrouille! ».

Ma fille cadette, alors âgée de 5 ans, avait apparemment assisté à toute la scène elle aussi car elle en profita pour éclater en sanglots et hurler à tout le voisinage: « Maman, elle a tué le Père Noël! » Et mon amie de se précipiter pour consoler ma fille, et de lui dire à haute et intelligible voix: « Ne t'en fais pas ma chérie, je lui en offrirai un autre à ta maman, et bien plus solide. »

M'en fiche: la prochaine fois, je le perdrai dans la forêt le nain répugnant. Façon Petit Poucet. Mais je vérifierai d'abord qu'il n'aura rien dans les poches, ni miettes de pain ni cailloux. C'est mon jardin! J'y mets qui je veux! Et surtout rien de hideux!

Petit Pois

Pour Julie P.

Avec les mots: naissance, famille, espoir, bonheur, vacances

Petit Pois. C'est le nom affectueux qu'ils me donnent. Affectueux... à voir!

C'est papa, ou maman, qui l'a choisi. Je ne sais pas trop. Je n'avais pas encore toute ma tête quand ils m'ont donné ce surnom la première fois. Bah ça doit être papa puisqu'il a été cuisinier. Professionnel!

Je ne sais pas où ils ont lu qu'il nous fallait un régime strict à maman et à moi. Moi, j'ai tout le temps faim. Ou envie de manger. Et puis si je goûte à tout, je ferai moins de caprices après. Il paraît. Ça reste à voir, hein, parce que si je prends le caractère de maman, ils sont pas sortis de l'auberge les parents eh eh eh! J'ai cru comprendre que maman, elle ne dormait pas bébé.

Moi j'entends tout! Ils ne le savent pas, mais si! Enfin quand je ne dors pas.

J'adore mon état! Maman, les trois premiers mois, elle n'aimait pas trop. Je la rendais un peu malade. Alors elle rendait! Hi hi, je sens que je vais aimer les mots plus tard!

Heureusement pour maman, je n'aime pas le foot. Je ne cherche pas à marquer des buts. Je préfère nettement la danse. Leurs musiques aux parents, elles sont chouettes! Y a du rythme! Le Heavy Metal c'est cool. Quand j'aurai des cheveux je pense que je me les raserai. Façon punk. Depuis qu'ils savent mon sexe, (ah le cochon de docteur! Il a posé son bidule juste au bon endroit. Voyeur! Aucune pudeur! Pis moi, les pattes en l'air, à faire de la brasse coulée sans maillot de bain, forcément, je m'étalais...) ils sont fous de joie. Mais là, ils galèrent pour me trouver un vrai prénom. Ouf! Ce sera visiblement pas « Petit Pois ».

Ma naissance est prévue pour bientôt. Ils sont super heureux tous les deux: on va fonder une vraie famille! Moi aussi ça me plaît bien qu'on se rencontre tous les trois, ils ont l'air hyper sympa ces deux-là. Ils devraient faire de bons parents. De ce côté-là j'ai bon espoir vu les trucs qu'ils ont déjà faits pour moi: ma chambre perso, mon berceau perso, ma boîte à musique perso, mon landau perso, tout est neuf! Je leur coûte un max! Les pauvres, ils n'en ont pas fini!

Mais je n'aime pas cette musique pour dormir. Cette sonate de Beethoven, elle me saoule. Faut quand même pas oublier que le gars, il était sourd! Faut le faire! Ceci étant dit, ça aurait pu être pire: le jour où ils ont choisi la musique, ils ont passé en boucle le mobile qui avait la musique « la vie en rose »! Plus nul tu meurs. Maman en a pris de ces coups avant de comprendre!

Parce que je ne vois rien, mais j'entends vraiment tout! Et ce depuis que j'ai des oreilles! Presque 5 mois si je compte bien (ce que je peux faire facilement car j'ai mes dix doigts depuis un moment aussi! D'ailleurs le docteur l'a dit: Je suis un bébé PAR-FAIT! Pourvu que les parents ne choisissent pas Modeste comme deuxième prénom...! Mais non, je rigole!)

Ouille! Maman vient de s'allonger! Faut que je revoie ma position, j'ai le cordon trop près de mon pied. Pas envie de jouer Tarzan sur sa liane. Oups! Pardon maman, j'ai cogné un peu fort, c'est qu'on est à l'étroit ici!

Mon moment préféré, en plus de tous les autres, c'est quand papa me chante une berceuse. Il chante faux, soit. Mais j'adore sa voix. Il me fait craquer. Le bonheur intégral. Pis quand il passe sa barbe sur le ventre de maman! Ça me chatouille!

Ah oui! Un de mes autres moments préférés:

au début (maintenant elle n'ose plus voyager, ce que je peux comprendre... Mais heureusement qu'elle n'a pas suspendu les balades à pied. J'adore quand ça bouge dehors!) on allait en vacances au bord de la mer, à Locquirec. Déjà, le trajet en voiture: maman malade, moi euphorique. La voiture, ça me berce grave! Et sur la plage, entendre le bruit des vagues! Voir, sans vraiment pouvoir regarder (parce que mes yeux sont noyés dans mon liquide amniotique), la lumière du soleil à travers le filtre du ventre de maman: je baigne alors dans un halo tout rose orangé! C'est beau! Souvenez-vous!

Bon, je bavarde, je bavarde. Ça m'épuise. Je crois que je vais faire un petit somme maintenant. La tête en bas, les pieds en l'air, le cordon bien loin de mon cou: une dernière petite sieste et hop je sors! J'ai hâte de voir leur tête quand ils verront la mienne!

Au fait, je ne vous ai pas dit? Je suis une fille!

Le grand mystère de la vie

Pour Marie-Anne

Avec les mots: crapauds, troisième, aventure, mystère, attendre

Un jour, tout en haut de la tour de Montlhéry, j'ai entendu un curieux dialogue, entre un grand frère crapaud et une petite sœur crapaud:

– C'est beau, hein petit Crapaud?
– Oui c'est beau! Fais attention, maman a dit qu'on ne doit pas se pencher. Tu vois la maison d'ici?
– Non. Mais c'est beau quand même. Au Moyen-Âge, le seigneur de Héry surveillait tout son fief! Tu sais, je t'ai expliqué les chevaliers, les seigneurs, leurs aventures aux croisades, tout ça.
– Oui mais je n'aime pas les guerres, les batailles et les tournois. C'est pour les garçons comme toi. Moi je préfère être une princesse.
– C'est parce que tu es une fille!
– Dis Crapaud, c'est vrai que maman va bientôt avoir un troisième bébé crapaud?
– Oui petit crapaud.
– Mais comment maman a fait pour le faire

rentrer dans son ventre?

– Je ne sais pas. Elle a parlé d'une petite graine.

– Comme la fleur de tournesol que j'ai plantée dans le jardin?

– Oui, c'est ça.

– Mais alors, le bébé crapaud, il va faner?

– Non. Sûrement pas.

– Tu en est sûr?

– Oui j'en suis sûr: maman n'arrête pas de boire de l'eau. A bulles, sans bulles, en tisane même. Alors sa petite graine, elle ne manque pas d'eau. Donc elle ne va pas faner.

– Mais elle a aussi avalé de la terre?

– Ah non! Il ne faut pas avaler de terre! C'est dangereux. Je crois que les mamans ont tout ce qu'il faut dans leur ventre pour faire pousser la petite graine.

– Dis Crapaud, comment il a fait papa, pour mettre une petite graine dans le ventre de maman.

– Tu es trop petite pour comprendre.

– Non c'est pas vrai!

– Si!

– Non! Tu dis ça parce que tu ne sais pas!

– Si je sais! Puisque je suis un garçon crapaud! Je sais comment on fait les bébés!

– Alors, dis moi, s'il te plaît.

– Bon, d'accord. Voilà: Papa a planté la plus jolie graine qu'il avait dans le ventre de maman.

– Dis Crapaud, il l'a trouvée où la plus jolie

graine papa?

– Sur Internet.

– Sur Internet?

– Oui, sur Internet. Il dit toujours qu'on trouve tout et n'importe quoi sur Internet.

– Mais nous on n'est pas n'importe quoi, on est des Crapauds.

– Exactement. Papa nous a trouvés dans le « tout » de Internet, pas dans le « N'importe quoi».

– Comme pour tes graines de tomates?

– Oui, comme pour mes graines de tomates.

– Mais alors le bébé crapaud va pousser tout en longueur et il faudra donner un bâton à maman, un euh, un tuteur! Sinon bébé crapaud va tomber!

– Mais non, le bébé crapaud est caché dans le ventre de maman. Il va pousser comme dans un nid douillet. Ni maman ni le bébé ne risquent rien.

– Dis Crapaud, les bébés, ils ne sont pas apportés par les cigognes?

– Non petit Crapaud. Ceux qui pensent ça sont des bébés.

– Mince alors.

– Pourquoi tu dis ça?

– Je nous ai fait monter à la tour pour rien.

– Comment ça?

– Papa a dit que la naissance est pour très bientôt.

– Oui. Et alors?

– J'ai demandé à venir ici pour attendre.

– Pour attendre quoi?

– L'arrivée de la cigogne.

– Ah! C'est pour ça que tu as monté les marches si vite! Pauvre maman restée en bas! Elle ne peut plus avancer! Mais tout ça ne sert à rien, je te promets que ce ne sera pas une cigogne qui apportera bébé crapaud! On peut redescendre!

– Oh.

– Ne sois pas déçue. Il va arriver ce bébé!

– Dans une rose alors? Une des roses du jardin?

– Mais non, les bébés ne naissent pas dans les roses.

– Non. Pas si ce sont des garçons.

– Les filles non plus.

– Et dans les choux?

– Non, dans les choux non plus. Allez viens, redescendons maman va s'inquiéter. Elle ne doit pas monter ici. Elle sera trop fatiguée. Eh! Ne pleure pas! Qu'est-ce que tu as?

– Mais alors le bébé il va naître où?

– Eh bien comme nous deux, à la maternité! Bien au chaud. Tu verras tout se passera très bien! Et papa a promis d'être là! Ça va mieux petit crapaud?

– Oui. Merci. Dis, crapaud?

– Quoi encore?

– Comment on va l'appeler ce bébé crapaud?

– Eh bien, on va l'appeler têtard!

Une phobie

Pour Elisabeth

Avec les mots: serpent, magie, pourpre, os, feu

Moi, j'ai la phobie des serpents. Depuis toute jeunette.

Ces trucs sans os, qui rampent, qui sont froids, me font froid dans le dos.

Mon psy m'a dit que pour vaincre une phobie, il faut en cerner les causes. Je la connais la cause, pourtant la phobie est toujours présente.

Un jour ma maman et moi étions en train d'empiler des bûches de bois. En soulevant les dernières, maman délogea un orvet. Un simple orvet. Un tout petit orvet de rien du tout. Mais son cri, à ma maman, son hurlement plutôt, me glaça le sang. Et j'eus peur des serpents à tout jamais.

Devenue adulte et mère de famille, j'ai essayé par tous les moyens de lutter contre ma phobie. Je ne voulais pas la communiquer à mes enfants.

Alors une fois, une seule, dans un cirque, j'ai

caressé un immense python d'au moins 1m40, voire 1m42, parce que mon psy m'avait dit qu'il fallait comprendre nos peurs pour arriver à les vaincre. Et surtout parce que mes filles étaient à côté de moi. Je me suis même fendue d'un pauvre tout petit sourire. Les filles étaient aux anges, moi, proche de la pâmoison. Ceci étant, la peau de ce python était bien plus douce que ce que je craignais. Et pas du tout froide. Mais bon, hein, je n'ai pas insisté non plus, faut pas abuser des bonnes choses, n'est-ce pas?

Au moins les filles n'ont pas peur d'eux. Peut-être est-ce grâce à cet adorable dessin animé québécois où un ourson est ami avec plein d'animaux, dont un adorable serpent baptisé « pas d'pattes ». Même moi, je le regardais, ce dessin animé, et je trouvais même le petit « Pas d'pattes » assez mignon, pour un serpent.
Du coup j'ai dit à mon psy que j'étais guérie.

En fait, non. La dernière fois que j'ai vu une couleuvre: Raté. J'ai battu mon record du monde perso du saut en arrière.

J'ai donc renvoyé mon psy et consulté une voyante.
Qui m'a dit que, dans un avenir proche, si je buvais de son élixir anti phobique, j'allais vite guérir. Vu le prix dudit élixir, ça ne

pouvait être que vrai. J'acceptai d' y goûter. Un petit verre ne me ferait pas de mal. Il s'avéra que cet élixir avait bon goût. Le liquide, vert pâle, avait même un parfum de menthe poivrée, de sauge, de verveine avec un nuage de romarin. Pour un peu j'en aurais bien repris. La voyante posa alors devant moi la bouteille que je voulais acheter: Un magnifique flacon transparent, avec une belle étiquette pourpre aux lettres d'or « élixir anti phobique ». A l'intérieur duquel on voyait le liquide aux reflets vert pâle. Et flottant dans ce si joli (et goûtu) élixir vert pâle, bien lové sur lui-même façon queue de cochon, un serpent. Énorme. Large de 2 bons centimètres. Voire 3. Comment cet animal avait bien pu entrer dans cette bouteille? Je me posai même la question juste avant de m'évanouir. Je fus ranimée par un très gentil pompier.

Mes esprits sitôt retrouvés, j'abandonnai la voyante, son antre et son élixir.
Et j'allai voir un hypnotiseur. Il paraît que ça fonctionne très bien l'hypnose, sur les phobies. Après tout, je ne risquai que les quelques billets que coûtait une séance. En fait il m'en fallut plusieurs.
Parce que à la première, j'étais un peu stressée, je m'endormis pour de bon. Il ne put rien en tirer.
A la seconde séance, assez fatiguée de mes

cauchemars peuplés de serpents et autres reptiles, je m'endormis pour une sieste réparatrice. L'hypnotiseur ne put rien faire.

A la troisième séance, j'avais un peu bu pour me donner le courage d'affronter ma phobie. Il paraît que j'ai ronflé comme un sonneur pendant près d'une heure.

La quatrième séance fut la bonne: Je m'allongeai, le pendule pendula, la voix de l'hypnotiseur m'hypnotisa. Et la magie opéra: Je me mis à parler. J'expliquai ma maman, le tas de bois pour le feu, le cri, non, le hurlement. Et là tout bascula: je vis le serpent, je me mis à crier, non à hurler, et je me réveillai en sursaut. Ce qui fit peur à l'hypnotiseur qui ne s'y attendait pas, relâché qu'il était, à moitié endormi par le son de sa propre voix. Il tomba en arrière, s'assomma en atterrissant sur sa moquette. Le gentil pompier le ranima, je fis mon chèque et je partis sans demander mon reste.

J'ai finalement décidé de me guérir seule. Maintenant, chaque fois que je jardine, je me force à fixer un ver de terre sans ciller. Ni vaciller. J'ai fait des progrès: mes vers de terre sont de plus en plus gros. La semaine prochaine, j'attaque les vers blancs. Pour les serpents, on verra plus tard.

Y a pas à dire, une phobie c'est une phobie

Un dimanche pascal à la campagne

Pour Chloé

Avec les mots: rose, lapin, robe, pêche, steak haché

Maman me disait toujours que j'étais une petite fille modèle. Sage, gentille, blonde et jolie. Et aujourd'hui, nous rions encore de cette mésaventure, qui aurait pu tourner au drame, qui m'arriva à l'âge de 7 ans.

C'était le dimanche de Pâques. Cette année-là, nous passions ces quelques jours de congé chez des amis de mes parents, à la campagne, loin de ma chère région parisienne, au fin fond de la Charente.
Je portais pour l'occasion ma plus belle robe du dimanche, celle avec des bretelles et un bustier à smocks, avec le bas évasé. Elle était toute blanche avec de minuscules roses rouges brodées dessus. Maman m'avait acheté un joli cache-cœur rose pâle pour la fraîcheur du matin. Mes chaussettes neuves et mes sandalettes de cuir resplendissaient de blancheur immaculée. Maman avait tressé mes cheveux en y insérant des

rubans faits dans le tissu de la robe. Papa m'avait dit que j'étais jolie comme un cœur.

En route pour aller visiter la ferme des amis, j'étais toute contente. Surtout depuis que maman m'avait affirmé que le gigot de Pâques aux haricots était réservé aux adultes. Nous, les enfants, nous avions du steak haché avec des frites! Miam! (purée saucisse, ça aurait été bien aussi!)

Mais une fois arrivés chez les amis de mes parents, ce ne fut pas du tout l'accueil espéré: Hector, le fils aîné, deux ans de plus que moi, était plutôt renfrogné, carrément mal embouché. Luc, son petit frère, bien plus jeune que moi, d'au moins un an, me suivait partout en criant « Hector est un Butor» et je serinais ce refrain avec lui en sautillant partout de la cour au poulailler. Un butor ce devait être un gros mot! J'étais fière de le crier haut et fort, mon premier gros mot de bonne petite fille modèle! Bien entendu, j'arrêtai mon manège dès qu'on approchait de la maison. Il faisait beau et chaud, les fenêtres étaient grandes ouvertes...

Je partis alors avec le petit frère dans les champs de ses parents. On délogea deux poules d'eau et un beau lapin de garenne. On s'arrêta près de la rivière qui arrosait les pâturages. L'eau coulait doucement, Luc me proposa un concours de bateaux: on fabriquait chacun le sien, avec des feuilles de châtaignier et un bout de bois planté au milieu, on les lâchait depuis le ponton, on courait le long de la rive et le premier qui passait sous le pont avait gagné. Je refusai de peur de me salir. Mais Luc me promit que ça n'arriverait pas. Il me montra comment fabriquer mon bateau. Il y ajouta un petit escargot, pour le lester. Moi je choisis un petit caillou.

Pendant qu'on préparait nos navires, on vit passer Hector et sa canne à pêche. Et Luc se remit à chanter « Hector est un Butor ». Le grand frère haussa les épaules sans répondre et s'en alla pêcher plus loin. Luc m'expliqua qu'en fait Hector n'était qu'un demi frère, que sa maman était morte en le mettant au monde. Devenu veuf, son père avait épousé la mère de Luc et ils avaient eu le petit garçon un an après. Autant Hector s'avéra être un courageux garçon de ferme, autant son caractère renfrogné s'était développé. Il travaillait tout le temps, n'avait pas peur des travaux des champs si difficiles. Mais détestait l'école et son petit frère. Qui le lui rendait bien.

Les bateaux et leur cargaison étaient prêts. Nous nous allongeâmes au bout du ponton vermoulu et nous lâchâmes nos embarcations. Elles prirent le fil du courant assez lentement. Nous nous relevâmes et c'est à ce moment-là qu'un des pieds de Luc passa à travers une planche pourrie. Il tomba, son genou s'écorcha. À cette époque-là les jeunes garçons de l'âge de Luc portaient des «culottes courtes » (des shorts aujourd'hui). Les grands comme Hector (le Butor) portaient des pantalons d'adulte. J'aidai Luc à se relever. Voyant son genou écorché, il sortit un mouchoir et épongea le sang, disant que ce n'était rien. Nous fîmes prudemment demi tour et sur la rive, nous nous mîmes en quête de nos voiliers. Ils avaient bien pris le courant et naviguaient maintenant. En quelques enjambées, nous allions les rattraper. Criant des encouragements, qui à son escargot (Charlot), qui à son caillou (Chouchou).

C'est là que le drame arriva. Très vite.

Nous nous étions approchés trop près. La rivière était assez forte en amont du pont. Je tordis ma cheville dans un trou d'eau, je m'effondrai et je tombai tête la première dans l'eau glacée. Le froid me coupa le souffle. Je n'arrivai pas à reprendre pied, le courant était trop fort à cet endroit. Je m'affolai. Luc me suivait, me criant de ne pas paniquer, que plus loin il y avait un gué. Mais empêtrée dans mon cache-cœur en laine gorgé d'eau, je coulai.

La suite, je la vécus comme dans un rêve: Au gré du courant qui me ballottait, je voyais Luc arrêté, incapable de venir m'aider. J'appris plus tard qu'il ne savait pas nager lui non plus. Effaré, il ne faisait plus que me suivre des yeux, bouche bée. J'entendais vaguement, par intermittence, ses cris de désespoir « Au secours! Elle se noie ». L'eau m'emportait. Pourquoi lutter. J'étais engourdie, je me laissai faire.

J'entendis comme un plouf juste avant de sombrer. Deux bras puissants m'attrapaient, me tiraient, me sauvaient. Une voix, une douce voix, me disait « Tiens bon, Chloé, tiens bon, je ne te lâche pas. On nage vers le gué. » « Courage ». « On arrive, reste avec moi. Non, ne t'évanouis pas! »
C'est alors que je sentis le fond de la rivière sous mes pieds engourdis. Je me retrouvai assise dans l'eau. La tête me tournait. Mes oreilles bourdonnaient. Près de moi, reprenant son souffle lui aussi, Hector le Butor, mon héros. Tout petit, il avait appris à nager dans cette rivière qu'il connaissait par cœur.

J'avais perdu une de mes sandales en cuir neuves, ma jolie robe était en piteux état, pleine de boue, d'algues filandreuses, de lentilles d'eau. Mais j'étais sauve. Hector m'aida à reprendre pied sur la rive mais comme mes jambes ne me portaient plus, je m'étalai dans la vase. Ma cheville tout enflée me faisait à peine mal, glacée qu'elle était. Hector avait commencé à déchirer son mouchoir et se mit à la bander soigneusement. Je me penchai alors vers lui, posai un baiser sur son front dégoulinant et murmurai à son oreille « Hector, mon héros en or ».

La chasse aux oeufs

De la part de Jo

« Pour tous les enfants qui se demandent d'où viennent les œufs en chocolat »

Avec les mots: *NDLR: Ben y en a pas puisque c'est Jo qui a choisi le thème!*

Je me souviens d'un magnifique week-end pascal ensoleillé passé loin de chez nous. Nous étions partis en voiture jusqu'à un petit village, pas loin de Coulommiers.
C'était de la famille du côté paternel et une jolie maisonnette du côté des bords de Marne.

À l'époque j'étais une petite fille plutôt solitaire, plutôt garçon manqué, plutôt mal dans ma peau. Boulotte, blonde, détestant les jupes mais adorant le chocolat.

Je me retrouvai chez des gens assez âgés, avec personne de mon âge, sans mon nounours avec qui jouer ou discuter. Seule face à l'apéritif familial et au gigot d'agneau flageolets de Pâques. Je compris bien plus tard qu'il s'agissait de ma grand-mère paternelle, une vraie mégère tyrannique, et de son époux en secondes noces, adorable Papanou tyrannisé.

Je tins bon jusqu'au dessert, une espèce de pudding à la gelée verdâtre, fait maison. Je craquai et demandai la permission de sortir. La mégère refusa, alléguant le fait que le repas n'était pas terminé. Papanou me sauva en déposant dans mon assiette une jolie petite poule en chocolat emballée dans un beau papier cristal. J'avançai la main. Une tape sur mes doigts arrêta mon geste. " Qu'est-ce qu'on dit, petite?" " Merci madame, merci monsieur". "Quelle petite mal éduquée! Il faut quémander les remerciements ici! Et ce chocolat n'est pas pour manger maintenant après tout ce que tu as déjà englouti. File le poser dans la voiture". Je m'exécutai après un regard à mes parents. Je filai sans demander mon reste. J'installai confortablement ma jolie petite poule en chocolat sur la plage arrière, bien sagement, sans y toucher. Puis je m'essayai sur mon siège, le regard dans le vide. On n'était pas près de rentrer. Les adultes et leurs repas de famille....

Un bruit de pas me fit relever la tête: Papanou était sorti lui aussi. Il vint vers moi, sans rien dire, me fit un bisou dans les cheveux, prit ma main et me fit descendre de la voiture. Il me fit contourner la maison et ouvrit un portillon en bois qui menait à un jardinet. Au milieu, une petite allée gravillonnée. À gauche, son potager. Bien retourné, bien planché, quelques petits légumes commençaient à pointer leur nez. À droite, une pelouse hyper bien tondue. Pas un brin d'herbe ne dépassait. Au milieu, un pommier, un cerisier, tous deux en fleurs, et contre le mur en palplanches de ciment, quelques poiriers palliés en U. Au fond, des cages en bois d'où débordait plein de paille.

On s'approcha. Et là je vis plein de petits museaux qui remuaient. Des lapins! Des gros, des petits, des marrons, des blancs. Papanou ouvrit une cage et sortit un petit lapin angora tout blanc aux yeux rouges et le posait dans mes bras! Il était tout doux! Papanou en sortit un second, tout gris, le posa au sol je fis de même. Les deux petites boules de poil se mirent à sautiller autour de nous. J'étais aux anges. Heureusement que Papanou avait installé des rebords en bois de chaque côté de son allée sinon les deux petits lapins seraient allés dire bonjour aux futures carottes, aux bébés laitues. Un des lapins s'arrêta devant une sorte de petit caillou emballé dans du papier qui brillait au soleil. Un joli œuf de Pâques! En souriant, Papanou me fit signe de le ramasser, me tendant un joli petit panier en osier. Les petits lapins filèrent vers la pelouse. Au bout de trois essais, ils arrivèrent à passer par dessus la bordure de bois, et filèrent faire des cabrioles dans l'herbe. Ici et là encore des petits cailloux, plein de petits cailloux brillaient au soleil! Je finis mon après-midi dans le jardinet et je finis par trouver tous les petits œufs cachés! Papanou voulut me faire croire que c'étaient les cloches de Pâques qui les avaient déposés. Mon œil! C'était le Lapin de Pâques! La preuve: ses bébés lapins m'avaient montré toutes les cachettes!

Hélas en retournant vers la voiture, la marâtre, mains sur les hanches, nous attendait. Elle me confisqua le petit panier en osier. Dit à son mari de filer faire la vaisselle et nous chassa de sa maison. Nous remontâmes donc en voiture. Et là, malheur de moi, ma poulette, ma si jolie poulette en chocolat avait fondu, irrémédiablement perdue. Je me mis à pleurer en voyant que la vieille sorcière la jetait.

Papanou revint à ce moment-là, bien droit dans ses sabots, le petit panier en osier dans la main. Il passa dignement devant la mégère, sans un seul regard pour elle, ouvrit ma portière, déposa le panier sur mes genoux, me fit un bisou dans les cheveux et une caresse sur la joue. Puis il claqua la portière, se planta devant sa mégère apprivoisée qui ne pipa mot.

Nous fîmes des signes de la main en guise d'
au revoir, puis nous prîmes le chemin du
retour. Je posai alors mon panier en osier
rempli de bons œufs en chocolat à côté de
moi, je me mis à genoux et tout le long du
chemin qui menait à la grand-route,
j'envoyai des bisous de la main à Papanou
qui diminuait peu à peu dans la lunette
arrière.

Ce fut finalement un très beau week-end de
Pâques.

Le coup de foudre

Pour Véronique K.

Avec les mots: très amoureux, attentionnés, impatients, émerveillés, fous de bonheur

Ce qui devait arriver arriva, sans que je m'y attende, sans y être trop préparée. Je n'y avais pas vraiment réfléchi. Un soir, mon fils, que je trouvais un peu taciturne depuis quelques semaines, me posa la question tant redoutée: « Maman, comment sait-on qu'on est amoureux. Très amoureux. Vraiment? »
Le piège.
Je ne pouvais pas me défausser: son père était à l'étranger en voyage d'affaires.
Me vint à l'esprit un documentaire sur la parade nuptiale des albatros dans les mers australes... Merci Arte.
Je chassai très vite cette stupidité. Je rassemblai tout mon courage, proposai à mon fils de venir s'asseoir près de moi. Et je lui dis qu'il pouvait me poser toutes les questions qui lui passeraient par la tête et auxquelles je promettais de répondre le plus justement possible. Mais, tout le caractère de son père, il me répondit qu'il préférait que je lui raconte mes expériences, il écouterait.
Aïe aïe aïe il fallait commencer par cerner le

problème calmement.

Je n'allais quand même pas devoir déballer toute ma vie amoureuse à mon fiston! Même s'il n'y avait pas tant de choses à raconter. Je n'allais pas lui dire que je sus rapidement que j'étais très amoureuse. D'ailleurs le souci était plutôt de comprendre si son père l'était autant de moi que moi de lui. Euh un phénomène de réciprocité mathématique en quelque sorte. Voilà. Oui, ça je pouvais le lui dire.

Mais je tairais que, dès le premier rendez-vous, une simple soirée au cinéma, plus banal tu meurs, j'ai senti qu'il était là pour moi. Il était si attirant, si poli. Il avait des gestes si attentionnés. Trop. Il m'énerva dès notre première soirée! Enfin juste un peu. Il répétait sans cesse « Ça va? ». Et je savais que j'étais amoureuse de lui parce que j'étais très impatiente d'attendre un nouveau rendez-vous avant même que le précédent ne soit terminé! Ceci étant , je n'allai pas lui décerner un diplôme d'amour. Ça ne se quantifie pas l'amour.
Aïe aïe aïe je n'étais pas sortie de l'auberge. Mon fils attendait, je réfléchissais.

De mon temps, on faisait languir les garçons! On ne leur sautait pas dessus dès le premier soir! Ni le second... on les faisait tourner en bourrique! On bannissait les impatients. Et on se faisait inviter. Au restaurant, au cinéma, à une promenade à vélo ou à pied, à une sortie. Bref on se faisait inviter partout! Moi j'étais très fière du regard envieux de mes copines! Fallait-il raconter ça à mon propre fils? Non. Il se serait moqué.

Je n'allais quand même pas lui raconter le saut périlleux avant carpé que fit mon cœur quand mes yeux se posèrent, émerveillés, sur une magnifique bague que son futur père m'avait achetée: nous nous fiançâmes au bout d'un an de fréquentation! Seulement! Les jeunes d'aujourd'hui ne s'engagent pas de la même façon. Et puis là n'était, hélas, pas la question de mon garçon: il se demandait juste s'il était amoureux! Pas s'il allait se marier sur l'heure, avoir des enfants et... Oups! Avoir des enfants?! Peut-être avait-il mis sa petite amie enceinte et.. ah non? Ce n'était pas du tout ça? Ouf! Ceci étant on lui avait toujours dit que si ça arrivait, on serait là pour lui, pour la jeune fille, pour le bébé. Pas de panique. Je respirais un grand coup. Il attendait patiemment.

Justement, comment trouver les mots justes pour lui expliquer que l'amour, c'est l'impatience de se revoir. C'est trouver le temps trop long quand on est seul, trop court quand on est ensemble. Être fous de bonheur de passer son temps pendus au téléphone à se raconter des banalités si plates que le reste de la terre mourrait d'ennui en nous écoutant.

Je n'allai quand même pas citer la célèbre phrase de Saint Exupéry: « l'amour ce n'est pas se regarder l'un l'autre, mais regarder dans la même direction ». Ça, c'était plus tard. Ou jamais.
J'arrêtai de réfléchir, mon fils arrêta de respirer. Je me lançai.

À la fin de mon laïus, il me dit simplement « Merci maman, t'es trop chouette! » et retourna dans sa chambre. Je n'en sus pas plus.
Par contre il passa le reste du mois avec son regard que je lui connaissais bien d'habitude, calme et pétillant.

Apparemment, je m'en étais bien sortie. Mieux que quand je m'étais entendue lui parler de cigognes, de choux et de roses alors qu'il n'avait que 3 ans et que j'attendais sa petite sœur. Mais à la prochaine question philosophale, j'étais décidée: il irait voir son père.

Sortie pédagogique

Pour Chantal

Avec les mots: enfant, vacances, soleil, jeux, sommeil

Je me souviens d'une classe de nature où, de Ploujean, nous avions emmené nos deux groupes de classe du CP au CM2 à Locquirec visiter l'estran.

Quel intérêt pour des petits bretons vivant pas loin de la mer vous demandez-vous?

Eh bien tout d'abord je vous répondrai que beaucoup de nos élèves étaient enfants et petits enfants d'agriculteurs ou d'éleveurs. Ce métier-là, c'est du 24/24, 7/7, 365 jours par an. Donc peu de ces enfants allaient au bord de la mer.

Et puis on avait un inspecteur, euh non il paraît qu'il faut dire « un conseiller pédagogique » qui nous disait à longueur de temps (et là il avait bien raison) que les sciences ne s'apprennent pas dans les livres mais sur le terrain. Et comme je voulais parler un peu d'éducation civique (préservation de site), de géographie (le littoral et les côtes françaises) et ma collègue de la découverte du bord de mer, tout s'enchaînait.

Bref nous nous retrouvâmes avec quelques quarante âmes, sous un magnifique soleil printanier (si! Bande de mécréants) au bord de la mer. Entre La Roche Tombée, sous la Palud, et la plage de Porz ar Viliec (Porza pour les intimes).

Nous venions du fond de la Baie à pied (pas de souci: je suis du coin, je connais et je maîtrise), à marée descendante, nous pensions fatiguer nos quarante petites têtes blondes.

Que nenni... Nous les avions fait courir (en bottes ne vous inquiétez pas) après les goélands, nous leur avions fait pêcher des coques, appris à faire des ricochets entre le Douron (LE fleuve de 29km dont l'embouchure forme le plan d'eau des régates de chez nous... à marée haute!) et la grève des Poupons, ramasser des algues pour notre herbier, fait faire une chasse au trésor (de mer) coquillages et crustacés inclus, bref midi avait largement sonné au clocher de l'église, nous pensions que les enfants allaient sagement s'asseoir sur le sable sec, face à l'île Verte, admirant les cormorans sécher leurs ailes dans le vent.

Ça leur prit environ 29 minutes pour recharger leurs batteries, vider leur sac de pique nique et remplir les sacs poubelles. Un de mes CM se leva alors, comme mû par des ressorts et nous cria, à nous, pauvres maîtresses quasi épuisées « maîtresses, maîtresses, on peut faire un foot? » Il avait emporté un ballon dans son sac! Ah le petit monstre...! Nous n'étions pas en vacances, je m'entendis lui répondre « Oui, mais le terrain vous le faites ici, et vous limitez les équipes à 3 ou 4 joueurs maxi ». « Y compris le goal? » « Y compris le goal. »

Moi, les jeux de ballon, j'aimais bien, à condition de jouer les supporters. Mais au bout de deux sorties de ballon sur nos genoux et des touches contestables et contestées, je me retrouvai sur le terrain en tant qu'arbitre. Bon j'étais assez sportive à cette époque, je tins toute la seconde mi-temps. (Comment ça elle ne dura pas TOUT le temps réglementaire? Y avait pas eu d'arrêts de jeu d'abord, ensuite c'était moi l'arbitre. Nan mais).
Ma collègue eut pitié de moi, siffla la fin du match et la reprise de nos recherches studieuses.

Au programme de l'après-midi: étude concrète d'un milieu propice à l'écosystème auto géré du macro et du microcosme de l'estran. (Na bien fait!) Pour résumer, on visitait les mares, avec douceur et sans tout saccager. Des petites mares pour les petits, avec recherche de gobies (petits poissons capables de résister sans eau cachés sous les cailloux, entre deux marées), pêche à la crevette, au bigorneau (le comestible et le non comestible) etc etc. Des grandes mares pour les plus grands, avec questionnaire et prise de notes sur la faune (les bébêtes) et la flore (les algues, les lichens) sur les deux plus grandes mares.

Oui j'avais potassé ma sortie! Oui, je savais exactement ce que les enfants devaient faire. Oui, le jeu en valait la chandelle: nous allions monter un aquarium d'eau de mer en classe.

Aucun de nos élèves ne fit de bêtise. Tous adorèrent leur journée. Moi aussi. Sauf...

Sauf au moment où, ma collègue de CP CE1, les deux bottes bien plantées dans une mare, se releva et me dit « Que c'est bon!!! Tu veux goûter? On dirait du chewing gum à l'iode! Délicieux! » Et sans me méfier, je pris ce qu'elle me tendait, le fourrai dans ma bouche, me mis à mâcher, ne pus rien recracher car 40 paires d'yeux me fixaient. Horreur! Ma collègue venait de me donner un bernique (chapeau chinois) tout frais cueilli d'un rocher à l'aide de son couteau suisse, tout frais éviscéré de la pointe dudit couteau. J'étais tout bonnement en train de mâchouiller un truc vivant! Enfin non plus maintenant, mais CRU! Ce truc dans ma bouche était CRU! J'étais écœurée, ma collègue était enchantée. Et de compléter d'un « Qu'est-ce que c'est bon! Je n'en avais pas mangé depuis des années. Ma grand-mère en faisait du tartare aux herbes et à la salicorne. Sur du pain frais, c'est un régal! À l'apéro aussi! Rappelle-moi de t'en faire la prochaine fois que tu viendras à la maison!».

D'un coup je me sentis prise d'une lassitude... immense. Heureusement qu'à ce moment là, un de mes élèves « gardien du temps » siffla le retour vers le car! Sauvée par le gong! Tout le monde fit demi tour, je traînai un peu, histoire de recracher discrètement la chique ignoble qui me taraudait le palais. Rincer ma bouche à l'eau de mer n'arrangea en rien le dégoût gustatif de mes pauvres petites papilles sauvagement agressées. Vomir? Ne pas vomir? Telle était la question...

Dans le car, nos gamins étaient bien calmes... On les avait eus! Quelques uns avaient même un regard plein de sommeil! Je me laissai tomber sur mon siège, épuisée moi aussi, prête à faire une micro sieste afin de récupérer un peu et de remettre de l'ordre dans mon estomac.

Hélas c'était sans compter sur l'énergie de ma collègue qui, ayant fini de mâcher sa monstruosité, l'avait avalée et l'iode aidant, elle se retrouvait toute fringante ; elle sortit alors sa guitare de son étui et proposa aux enfants de chanter. Ce qui eut pour effet de leur donner un regain d'énergie.

C'en était fait de ma sieste, car eux, ils tinrent jusqu'à l'arrivée.

Tea Time au château d'Ussé

Pour Frédérique

Avec les mots: famille, enfant, amour, bonheur, voyage

Léah, Sasha, Loukah, je vais vous parler de votre maman, quand elle était en CM. Je l'ai eue comme élève. Et si je n'avais eu que des élèves comme votre maman, je n'aurais jamais eu de mérite d'être maîtresse d'école. Parce que Frédérique, votre maman, enfant, elle était très sage et très studieuse.

Je me souviens d'un voyage scolaire en Touraine, sur les bords de la Loire. Nous avions emmené tout le primaire (pauvre Janick encore restée à Ploujean avec ses petits de maternelle) pour visiter les châteaux (enfin ça, c'était le programme pour les enfants, parce que nous, les accompagnateurs, enseignantes et parents, nous visitâmes aussi les caves des châteaux... et il n'y avait pas que du tuffeau dans ces caves... Ah les petits vins de Loire, à consommer avec amour et modération bien entendu. Je retourne souvent en famille dans cette si belle région. Tant de châteaux, tant de caves. Mais je m'égare... reprenons).

Nous étions arrivés pour visiter le château d'Ussé près de Saumur. Château réputé pour mettre en scène les chapitres du conte "La Belle Au Bois Dormant". Les garçons avaient du mal à tenir en place: un château qui n'était pas médiéval... sans donjons, sans tournois... On les gardait calmes car l'après-midi, on leur avait promis la visite du zoo tout proche...

Mais les filles étaient enchantées! Du pur bonheur! Elles s'imaginaient, belles princesses, cousant, brodant, près des fenêtres, regardant les magnifiques jardins bien entretenus. Surveillant l'arrivée du Prince Charmant. Car c'est bien connu, tout beau château qui se respecte possède son Prince Charmant. Même Shrek serait d'accord.

Mais on avait perdu deux fillettes en pleine visite! Frédérique et Marina, sa grande amie. Je confiai alors mon groupe à ma collègue et fis rapidement demi tour. J'avais mon idée. Il fallait juste que ce soit la bonne. Gagné! Je retrouvai mes deux fillettes dans le petit salon rose... le fameux salon de thé... Et devinez ce qu'elles étaient en train de faire? Eh oui! Elles jouaient à la dînette! Dans le vrai service en porcelaine de Saxe, à 1 000 € la soucoupe! Elles avaient franchi le cordon rouge qui, théoriquement, interdisait aux visiteurs de passer, et discutaient sans même se rendre compte de ma présence. Et le dialogue était si naturel que je n'avais pas le cœur de les interrompre dans leur élan! Marina, debout, faisait mine de verser le thé (théière en porcelaine, 2500€ à vue de nez) tenant (heureusement) le couvercle d'une main experte. Frédérique lui tendant la tasse (je dirais dans les 1350€, ttc) et la soucoupe (oui, celle à 1000€) avec un léger tremblement... NONNNNN mon Dieu non, ne pas les faire sursauter! Rester calme, ne pas bouger (et mentalement envoyer le message suivant: Pose la théière douououcement Marina, douououcement... peine perdue, mes ondes ne passaient visiblement pas. Marina ne capta pas et continua).

- Marina: Voici du thé Pu Erh que je fais venir de Chine par la malle poste. (au moins elle avait bien assimilé mes cours d'histoire)
- Frédérique: Avez-vous pensé à ébouillanter la théière, Très Chère? (Frédérique a toujours eu de bonnes manières et était toujours très polie)
- Bien entendu. Brian, mon domestique anglais (vive les cours d'anglais, certains se souviennent de « Brian is in the kitchen »!) a tout fait selon les règles, Chère amie. Du sucre? (Ah nonnnn pas le sucrier! Je dirais 1750€, environ, sans la pince à sucre, d'ici je ne la voyais pas bien. Ah si, elle était bien en

argent. Pfff là ça va chercher dans les 2500€, la pièce)

- Deux cuillers, merci. (tiens, les cuillers aussi étaient en argent...)

- Du lait? (ben voyons... Le pot à lait, énorme, au moins 1250€ , à la louche)

- Juste un nuage. Merci Très Chère.

- Prendrez-vous des « scones »? Je peux sonner Hilda, la bonne.

- Non, merci, je fais attention à ma ligne! (Ouf nous ne risquerions donc pas de casser une assiette de ce si beau, et si cher, service en véritable porcelaine de Saxe). Oh! Maîtresse! On ne t'avait pas vue! Tu veux jouer avec nous?

Pas inquiètes pour deux sous, les fillettes ne pensaient pas à mal. Donc très calmement je refusai poliment l'invitation et leur demandai de revenir avec moi suivre la visite. Elles reposèrent gentiment leur dînette, sans rien casser, sans rien ébrécher, et repassèrent tranquillement sous le cordon rouge. S'essuyant la bouche avec un de ces affreux mouchoirs en papier (0,50€ le paquet de 10 si on prend la marque de base) comme l'auraient fait mesdames de Sévigné et sa copine. Ce geste anodin me fit tellement rire intérieurement (je devais garder mon sérieux, la visite n'était pas terminée) que, du coup, je ne punis pas les fillettes qui continuèrent la visite avec tout le groupe, sous ma haute surveillance jusqu'au retour dans le car.

Pour le zoo, je serais plus vigilante. Il y avait visite de l'enclos et nourrissage des babouins. Pas question de les laisser voler les fruits de ces végétariens! (Et, mine de rien, mes deux fillettes m'avaient fait économiser plus de 10 000€, au bas mot!)

Revaloriser le métier qu'ils disent

Pour Marie-Pierre

Avec les mots: concours, galère, ensemble, retrouvailles, amitié

Éléonore, Eugénie, sachez que votre Mamou était une super collègue. On a vécu pas mal de choses ensemble.

Comme certains d'entre vous le savent, j'étais institutrice. Oui j'ai bien écrit. Pas professeur des écoles. Ce titre pompeux et ronflant n'a commencé à circuler que dans les années Jospin. Soi-disant pour revaloriser le métier. Et mettre à l'index les institutrices, moins bien formées sans doute que nos jeunes profs.

Qui, il est vrai, ont vu leur formation se compliquer et passer de 2 à 5 ans d'études supérieures, avec concours à l'entrée de la formation.

Avant eux, on a vu apparaître le D.I (diplôme d'Instituteur) sur trois ans d'études, stages non obligatoires dans les écoles. Cette réforme-là n'a tenu que deux ans!

Moi, j'avais un CAP (non, ça ne veut pas dire

Cadeau Aux Professeurs! Ça veut dire Certificat d'Aptitude Pédagogique) après deux ans de formation en école normale (on y entrait sur concours on en sortait par examen et inspection en classe).

J'ai même travaillé avec une collègue d'à peine 4 ans de plus que moi, qui a été prise dans l'enseignement avec son seul baccalauréat: Les écoles françaises manquaient alors d'institutrices. Mon amie se forma au courage, en enseignant le jour, en apprenant la nuit, à coup de stages et formations (justement appelées) mais bien entendu non rémunérés et hors temps scolaire. Elle fut l'une des meilleures collègues que j'aie jamais eue.

N'arrivant pas à passer professeur des écoles à l'ancienneté, malgré mes demandes (justifiées) d'année en année, je me retrouvai donc simple institutrice, en congé parental.

Sauf que, trois années écoulées, à la veille de reprendre le chemin de l'école (j'étais en congé pour encore deux ans quand même!), les choses avaient encore bien changé. Plus d'éveil, plus d'objectifs, on parlait un autre langage. J'avais débarqué du train en marche, il ne m'avait pas attendu. Donc deux ans avant de reprendre le travail, je me mis en tête de passer ce maudit concours. Je ne savais pas alors dans quelle galère je me mettais. Je me mis à travailler d'arrache pied, grâce à un collègue, un grand ami (Yves Royou, sois béni par tous les saints du paradis) et au bout de cette année entre les couches de ma grande et les biberons de ma petite fille, je passai ce XXXXX concours à la XXX. J'étais dans mon élément! Je trouvai les épreuves écrites faciles et concrètes, pour un concours, je me sentais à l'aise. Je fus admise à l'oral. Où je présentai un travail en histoire, une frise historique que je faisais construire par chacun de mes élèves, sur des feuilles Canson pliées en accordéon, au recto desquelles on plaçait des photos des dessins des dates, au verso, à l'envers, les résumés. Elle avait du succès ma petite frise: en fin de CM2 (j'avais commencé à Ploujean: j'avais tout le cycle 3 donc les enfants commençaient en CE2, suivaient en CM1 et finissaient en CM2. Dépliée leur frise mesurait 4 bons mètres, pliée en accordéon, elle ne tenait pas de place dans la pochette!) ma frise murale, fabriquée avec des grandes feuilles Canson, ornait deux des quatre murs de notre classe.

Ce qui fit que j'eus mon concours haut la main. Beau cadeau d'anniversaire! J'appris début mai le résultat! Pas si rouillée que ça en fait! Et fière! Presque autant que Yves!

Fin août, je dégringolai bien vite de mon petit nuage: un appel de l'Académie: l'inspection me sommait de reprendre le lendemain matin (je vous jure que c'est vrai). J'habitais en région parisienne. Allez trouver une nourrice pour le lendemain... Ma seconde fille n'avait pas un an. Ma grande venait d'en avoir deux. Et n'était inscrite en maternelle que pour l'année suivante. Ni mon mari ni moi n'avions plus de parents. Je paniquai, m'inquiétai. La secrétaire, dans sa grande bonté, me proposa de réfléchir et de lui donner ma réponse en fin d'après-midi. Elle en avait besoin pour ses plannings. Que je pouvais, en toute légalité, reprendre une journée puis.... me faire porter malade (ça aussi je vous jure que c'est vrai!). Que si je ne venais pas, que je choisissais de terminer mon congé parental, je perdais les bénéfices de mon concours et redevenais simple institutrice (moins 400 euros bruts par mois me dit-elle au téléphone!).

Il ne me restait qu'une simple petite année, pourquoi l'Inspection Académique me taraudait alors que je n'avais plus qu'une toute petite année de congé à prendre???

Je n'eus jamais de réponse à cette question.

J'appelai alors mon syndicat (CFTC, des gens sympas et compétents). On me passa une dame fort gentille à qui j'expliquai mon délire. Hélas, elle confirma les dires de la maudite secrétaire de l'Inspection Académique. Me passa un gentil monsieur qui confirma la confirmation. Me précisant que dans le cas où je ne reprendrais pas, je ferais bénéficier la première personne en liste d'attente pour le concours. Oui, il m'expliqua qu'il existait bel et bien une liste de personnes qui attendaient de connaître d'éventuels désistements de gens dans mon cas, pour avoir leur concours. Au moins, ma place ne serait pas perdue. Quelqu'un bénéficierait de ce concours à la noix.

Chouette. Youpi.

Je rappelai l'Académie. Je perdis alors officiellement les bénéfices de mon joli concours si bien réussi, tant mérité.

Je ne repris donc que l'année suivante. Comme simple instit. Je tombai sur une directrice fort charmante dont la voix me rappelait vaguement quelque chose. Elle me confirma que c'était elle que j'avais eue au syndicat. Qu'elle était désolée pour moi. Qu'elle espérait que je n'en voudrais pas à la collègue qui avait eu son concours à ma place, car elle faisait partie de notre équipe, mais que la déontologie lui imposait de taire son nom. Je lui répondis qu'elle n'y était pour rien la pauvre collègue, que j'étais contente pour elle. Que par contre je voulais étrangler l'Inspecteur d'Académie, sa secrétaire et toute leur clique. Jusqu'au ministre inclus. De toute façon, j'avais eu un an pour digérer le coup bas (et la perte de 400 euros brut par mois!). Cette directrice étant sympa, je repris mon métier sereinement. Ensemble on forma une bonne équipe. Et elle me força à redemander chaque année de repasser prof des écoles, à l'ancienneté. Ce que l'Académie accepta enfin. Au bout de 12 années. Et trois changements de postes. J'avais fait donc économiser à l'état la modique somme de 400€ x 12 mois x 12 ans. Brut. Faites le calcul vous mêmes. Moi je n'en eus jamais le courage.

Mais je me dis en moi-même le jour où je lus que j'étais finalement « élevée au rang de professeur des écoles » (quelle dignité pompeuse hein!) que cet argent en moins m'avait finalement fait payer des impôts en moins! On se console comme on peut!

Le plus drôle c'est que je retrouvai mon ancienne directrice comme simple collègue, peu de temps avant ma retraite. Elle m'avoua que c'était elle qui avait bénéficié de mon concours! Nous fêtâmes alors, en toute amitié, nos retrouvailles, ma nomination et mon départ à la retraite avec un bon repas. Chez elle. C'est une fameuse cuisinière. Et elle me devait bien ça, hein, Marie-Pierre!

Aujourd'hui, je suis professeur des écoles, à la retraite. M'en fiche. Mes élèves n'ont jamais cessé de m'appeler « Maîtresse »!

La guerre du muguet n'aura pas lieu

Pour Patrick

Avec les mots: mai, muguet, soleil, jardin, famille

Je ne suis vraiment pas de nature jalouse.
Mais quand je vois apparaître, avant même le mois de mai, un plein parterre de muguet chez mon voisin, j'enrage.
Parce que chez moi, juste de l'autre côté du grillage, je n'ai jamais rien. Du tout. Pas le moindre petit brin. Bernique. Zéro. Nada.
Et pourtant je fais tout ce qui est en mon pouvoir depuis des années: j'ai retourné, bêché, émondé, amandé, arrosé, mis de l'engrais, des griffes de muguet, des brins de muguet, des touffes de muguet, achetés, grappillés, offerts, quémandés. RIEN de rien!
Je ne comprends pas. C'est la même terre, au pied du même grillage. Le même soleil dans le même ciel. Mon voisin m'a expliqué qu'il laissait se faner tous les pieds, qu'il ne cueillait que quelques brins, qu'il n'arrachait rien, qu'il ne tondait rien.
Moi aussi j'ai laissé sécher mon seul et unique pied. Je n'ai même pas cueilli le brin

maigrichon et inodore. J'ai tout laissé faner. Eh bien au printemps suivant, rien. Rien du tout. Cette année encore, j'ai bien surveillé. Dès que j'ai vu poindre le bout du nez de son premier brin, j'ai inspecté mon coin. Devinez...

Mon voisin en a eu des kilos. Il m'a même promis qu'un jour, les griffons finiraient par passer sous le grillage et envahiraient mon côté. J'attends toujours. Pas de muguet.

Par contre, toutes ses taupes sont passées. Sans aucun souci.

Depuis j'ai une pelouse façon golf 18 trous. Mais pas de muguet.

Mon voisin m'a dit de poser des pièges à taupe. Alors j'ai acheté des pièges à taupe. Avec la clé pour les tendre. Parce que sans la clé pour les tendre (vendue séparément, la clé) ben je n'arrive pas à les tendre, les pièges à taupes.

J'ai eu les doigts coincés, pincés, coupés, blessés, tailladés. Mais je n'ai pris aucune taupe.

J'ai alors essayé de les noyer (j'ai enlisé ma voiture) de les gazer (j'ai occis mes jolies marguerites), de les mettre à ciel ouvert (depuis mon ex pelouse ressemble aux tranchées de la guerre 14/18). Les taupes s'en sont fichu. Et ont proliféré. Toute la famille taupe a emménagé dans mon jardin, des grands parents aux bébés taupes.

Elles ont fait leur galerie principale en lieu

et place de mon ex futur parterre de muguet. De là, elles ont creusé des jolis couloirs perpendiculaires, avec monticules au bout. Juste devant ma baie vitrée. Là-dessous, y avait des HLM spéciales taupes à tous les étages. Je n'avais plus de pelouse et pas de muguet.

Mais, en pleine déprime, à l'automne dernier, je vois arriver mon voisin, un cageot sur les bras. Il m'apportait quelques griffes de son muguet, quelques pieds et quelques brins. Il me dit de les planter en lieu et place de la galerie principale de mes taupes, puisqu'elles avaient bien labouré le terrain. Il m'expliqua qu'une fois plantés, je devrai laisser se faner les feuilles, les brins ; ne rien cueillir, ne rien arracher, ne rien tondre. Alors j'ai suivi ses conseils et j'ai vu se faner un à un les jolis brins offerts par mon voisin.

Cet hiver il a fait froid. Il n'y avait plus rien dans mon jardin.

Ensuite il a plu presque sans arrêt, façon giboulées sans discontinuer depuis le mois de février... Mon jardin s'est transformé en étang.

Maintenant je n'ai plus de taupes. Ni trous, ni monticules. Elles ont fui chez ma voisine. Le terrain y est bien moins marécageux.

Mais depuis quelques jours, sur ma plate bande spéciale taupes, je vois poindre plein de petits nez verts. Partout. Je crois que cette année je vais vraiment avoir un joli petit parterre de muguet!

Conclusion: par chez nous, on peut faire pousser du muguet. IL faut juste qu'il soit anti taupes et amphibie.

Le grand spleen de la liberté

Pour Catherine T.

Avec les mots: évasion, velours, procrastiner, caramels mous, artichauts

- J'en ai assez. Enfermé toute la journée à dormir entre deux promenades. Je veux filer d'ici.
- T'es pas fou? Ici, on a un repas deux fois par jour et on nous change l'eau tous les jours. Et le dimanche on a même de la viande! On n'est même pas obligé de prendre des bains! Qu'est-ce qu'il te faut de plus?
- Tant pis. Reste à procrastiner ici si tu veux. Moi je m'en vais.
- Je ne procrastine pas d'abord!
- Si, à reporter toujours tout au lendemain, tu fais de la procrastination. Chez toi c'est une seconde nature. Et si tu ne veux pas m'aider à creuser là, maintenant, tout de suite, ben je le ferai tout seul mon tunnel. Si j'ai bien calculé et si je ne tombe pas sur de la roche, j'en ai pour à peine deux mois. Et après, vive la liberté! Le soleil. Le farniente! Je te parie même que j'atteins le champ d'artichauts du père Quéré avant la récolte. Ensuite, comme sur du velours, il ne me restera plus qu'à traverser la rivière. On

sera en plein été, l'eau ne sera pas trop froide et pas trop haute.

- Je ne sais pas nager.

-Tout le monde peut nager! Il suffit de ne pas paniquer. Tu descends doucement dans l'eau, tu te laisses porter. Si tu viens avec moi, je resterai près de toi et je te guiderai. Allons maintenant, tais-toi et aide-moi à creuser parce que c'est dur ici on voit qu'il n'a pas plu depuis longtemps. Je préfère la terre quand elle a la consistance des caramels mous.

- Pas moi, parce que dans ce cas-là on s'en met partout. La terre on l'évacue où et comment?

- Là et comme ça, regarde.

- Il y en a trop ça va se voir.

- Ne sois pas défaitiste. On fait comme dans la « Grande évasion ». Le film. Avec Steeve McQueen.

- La voiture?

- Non, idiot ça c'est dans le dessin animé « cars » faut pas confondre. Moi je te parle de l'acteur qui jouait dans « au nom de la loi ».

- Ah oui! Le gars aux yeux bleus! Drôlement mignon! J'aime bien les yeux bleus. Dis donc, creuser ça donne faim. Moi je ne veux pas m'évader. Ici, les vers de terre n'ont pas le bon goût de mes croquettes. Pars si tu veux, moi je reste.

- Portos*! Reviens! Sans toi c'est pas pareil.

- Non, Zig*. Je rentre. On jouera à s'évader

demain.

voir le texte « La grande évasion .... » du Tome 1 « Les Chroniques » pour comprendre qui sont nos deux héros

À motocyclette

Pour Michel de la part de Sylvie

Avec les mots: motocyclette, brocante, arbres, avirons, rock'n roll

Je ne sais pas si je vous l'ai dit, mais le chéri de mon amie, Michel, est un passionné de la mer. Mais pas que.

Lui, jeune, il voulait collectionner les motos. Façon Johnny Hallyday. La passion en plus, le pécule en moins.

Alors, il chine en brocante pour trouver les petites motos de collection. Les brocantes, le bric le broc, c'est sa marotte. Et bien entendu, il y va à moto (petite précision, on est SUR un vélo, SUR un cheval, SUR une moto donc on va À vélo, À cheval, À moto! Ouais à la tv ils causent mal. Fin de la parenthèse, fin de la leçon de grammaire... C'est noté? Et que je ne vous y reprenne plus sinon c'est copie 100 fois. À la main! Allez, EN voiture, je continue mon histoire!). Et à la brocante de Kerboulic, l'été dernier, Michel a trouvé plein de choses intéressantes: deux avirons en bois de chêne, qu'il faudrait juste poncer et repasser au vernis marine. Ils feraient bien dans le hangar aux kayaks. Et un vinyle de Johnny

Hallyday: «Quelque chose de Tennessee ». Il adore le rock'n roll, il adore cette chanson, surtout depuis qu'on lui a raconté son histoire à cette chanson: Michel Berger l'a fredonnée à Johnny un jour sur la plage de Quiberon. Il venait de la lui écrire. Johnny a pris la guitare, a regardé la feuille sur laquelle étaient jetés les accords et les paroles et il l'a chantée. L'essayer c'est l'adopter! Elle est l'un de ses titres phares encore aujourd'hui.

Michel avait aussi acheté un joli foulard mauve (ou rose?) pour sa chérie, deux chopes à bière (il ne boit pas, c'est pour les copains) et une belle assiette en faïence de Quimper, pour sa maman Marie-Thérèse, qui a un magnifique vaisselier breton. Il y manque justement une assiette.

Bon, Michel avait fini son tour. Muni de ses précieux achats, il retournait vers sa motocyclette... En cherchant comment y placer tout ça. Deux avirons en bois, un vinyle rare de Johnny, une assiette en faïence fragile, deux chopes à bière en verre. Et un foulard pour caler tout ça! Un vrai inventaire à la Prévert.

Il pouvait répartir facilement le « fragile » dans les deux sacoches en cuir de la moto. Les chopes étaient dans un sac en plastique, noyées dans une poignée de ces copeaux de polystyrène, légers et encombrants à souhait. Il répartit ses copeaux dans les deux sacoches, y cala soigneusement une chope et son vinyle d'un côté, l'autre chope et son assiette de l'autre. Le foulard, pour ne pas l'abîmer, il le garderait autour du cou. Quant aux avirons, là était le problème.

A moins de les caler en longueur, entre le guidon et le porte bagages. Mouais. Assis dessus ce n'était pas génial. Mais légèrement décalés sur les côtés, c'était jouable. Le guidon tournait assez bien. Le tout était de monter sur la moto et de rouler doucement. En passant par les petites routes entre Guimaec et Lanmeur, il n'y aurait quasiment personne. Que des arbres, un carrefour et des dos d'âne.

Les premières minutes furent difficiles, mais une fois l'équilibre pris, plus de souci.

Jusqu'au croisement du Moulin de Moalic.

Parce que là, il fallait tourner à droite. Avec deux avirons de plus de deux mètres coincés entre lez guidon et la selle... Michel négocia ledit virage doucement, mais fermement. La moto tourna... Mais se mit à zigzaguer dangereusement.

D'un coup de reins Michel la recadra. Ouf. Mais il approchait le fossé dangereusement. Il contrebalança. Un peu trop.

Il relâcha les gaz et au bout de trois quatre embardées, la moto finit par se redresser. Bon, le danger était écarté.

Sauf qu'il y avait une série de dos d'âne juste devant! Une vraie maladie ces trucs là.

Michel n'osa pas freiner de crainte de finir en tête à queue sur les gravillons.

Bien, le premier dos d'âne fut encaissé facilement, suivi des deux autres. Le dernier, bien que plus violent, le laissa passer.

Michel put enfin accélérer et prendre une bonne vitesse de croisière.

S'il avait pensé à jeter un coup d'œil dans son rétroviseur, il aurait vu les rabats des sacoches se soulevant joyeusement dans le vent, laissant s'échapper comme de drôles de flocons de neige.

S'il avait tendu l'oreille, il aurait entendu un autre cliquetis que celui des bielles de son moteur.

Il arriva quai du Léon, gara son fier destrier dans l'allée pile à l'heure pour retrouver sa maman, sa chérie et le bourguignon qui embaumait jusque dans l'entrée.

Il retira l'écharpe rose (ou mauve?) qu'il avait autour du cou, l'offrit à sa belle, et proposa à sa maman de venir voir ce qu'il avait acheté. Ses femmes le suivirent, intriguées.

Fier de lui il approcha de sa motocyclette, détacha les avirons, releva les rabats des sacoches. Ô surprise, les copeaux de polystyrène avaient tous disparu. Il jeta un regard et mit délicatement la main dans le fond d'une sacoche. Il retira quelques pauvres malheureux bouts de verre: les chopes n'ayant pas survécu aux dos d'ânes et à la perte massive des copeaux protecteurs. Seul survivant: le vinyle dont la pochette était tailladée. Le pauvre Johnny était en pièces. Le disque était tout rayé. De l'autre sacoche, il tira l'assiette en faïence de Quimper, même pas ébréchée. Et Marie-Thérèse de s'écrier « Oh merci mon chéri! Juste l'assiette qui me manquait! Mais pourquoi avoir mis du verre pour la caler? Moi, je l'aurais bien emballée dans des journaux, et calée dans des copeaux, des copeaux de polystyrène.»

L'anniversaire de mariage

Pour Bernard

Avec les mots: paysage, vélo, marche, amour, Danielle

Pffff dans deux jours c'est le 48 ème. Il faut que je marque le coup. 48 ans de mariage, c'est du sérieux. Voyons un peu.
Elle n'aime pas trop se maquiller. Mais elle aime se pomponner. Oui mais elle a déjà ses produits à elle. Si je me trompe...
Un voyage? On revient d'en avoir fait deux.
Un restaurant? Oui, c'est sûr mais c'est commun.
Il me faudrait quelque chose en plus.
Un vélo? Non, ça c'est ma passion à moi. Elle, les paysages elle préfère les voir à pieds, deux chaussures de marche, deux bâtons de marche, un appareil photo.
Ah tiens! Oui, voilà! Un appareil photo! Ah non. Elle en a déjà deux. Dont un offert par moi.
Retour à la case départ.
Mince alors, qu'est-ce que je peux offrir à ma chérie pour lui prouver mon amour? 48 ans de bonheur. Ça se fête! Mais comment?
J'ai trouvé! Elle adore jardiner!
Bon, je sais allumer l'ordinateur. Voyons

voyons... Internet, c'est ici. OK. Un site de vente de fleurs en ligne... Elle utilise lequel déjà? Ah oui, celui-ci, dans ses favoris! Jusque là tout va bien.

Ah les rosiers, je clique ici.

Ouh la! C'est qu'il y en a! Des grimpants, des remontants, des buissonnants, des ... sur tige? Ça alors! Moi je veux juste un rosier! Un rosier ancien!

Oui mais lequel? Un grimpant? Pour le faire monter sur un arceau? Un remontant? Pour qu'il fleurisse tout l'été? Un buissonnant? Pour qu'il décore notre allée? Quelle couleur? Rouge éclatant? Orange? Blanc? Un rosier odorant?

Ah oui! Un rosier « Léo Ferré »! Non, il ne sent pas trop.

Un rosier « Pierre de Ronsard »? Mignonne allons voir si la rose... Euh, Si la rose qui ce matin euh... Mince si elle me demande de réciter tout le poème je ne le saurai pas. On oublie le rosier Pierre de Ronsard.

Le rosier Dame de Cœur! Grandes fleurs rouges odorantes! Voilà! Pour ma Danielle! Ma Dame de Cœur! Ils disent qu'il est très florifère, buissonnant, assez résistant (tiens résistant à quoi? Aux maladies je suppose) Il attire les papillons! Ah bien! Ça nous changera des lapins!

Bon, je commande! Et hop! Comment ça « disponible mi-octobre »? Mais... On est en avril! L'anniversaire est la semaine prochaine! Ah mais, ce rosier-ci aussi! Et celui-là? Pareil! Non mais ce n'est pas vrai! Je fais quoi moi? Bon. Il me reste une semaine...

Une idée, vite! J'imprime la page, je commande ce rosier pour mi-octobre. Je fais à ma dulcinée un « bon pour un cadeau » et je glisse la photo du rosier dans l'enveloppe! Et le petit mot, dans un bouquet de 48 roses rouges! Pas bête! Avec une bouteille de champagne. Une demie. Pour deux. En amoureux. Voilà. Ma Danielle, je t'aime.

Bon, ce n'est pas tout ça. Dans deux ans c'est le 50e. Je lui offre quoi pour fêter ça?

Une vie de chat

Pour Janine

Avec les mots: chat, cerveau, dehors, nuit, pierre

Pour une brodeuse, le plus gros souci, ce n'est pas le manque de lumière. Janine peut broder le jour comme la nuit car elle a une lampe spéciale qui imite quasi à la perfection la lumière du jour.

Ce n'est pas non plus le mal de dos. Elle est habituée à broder depuis bien des années maintenant. Elle fait des coiffes, des tabliers, des châles, pour son cercle de danse bretonne. Elle brode de jolis tableaux. Elle brode même sur des photos!

Non. Son plus gros souci, c'est son chat. Parce que son chat adore ses fils de soie le coquin.

Alors dès que Janine s'assoit dans son coin pour broder, il se cache discrètement derrière un fauteuil, tapi, en attente du bon moment pour bondir sur le panier d'échevettes que d'habitude Janine prend soin de cacher.

Ce soir, il ne manque pas à son petit manège: il fait semblant de dormir, en rond sur le canapé, les oreilles immobiles, les yeux fermés.

Janine ne s'est pas méfiée. Le chat est arrivé en catimini et crac il saute sur le panier! Gagné! En plein dans le mille!

Sauf que Janine a sursauté! Elle a eu tellement peur que son premier réflexe est de saisir le chat par la peau du cou! Elle va le jeter dehors! Quelle horreur, mais il fait nuit dehors! Elle tombe tôt en hiver! Nooon pas dehors! Les yeux suppliants, le chat semble promettre de ne pas recommencer.

Janine n'en croit rien. Elle ouvre la porte, sort son chat manu militari!

Miaouuuu fait le chat.

Clac fait la porte.

Zuuut fait Janine.

Elle se retrouve avec le chat, dehors, sur la terrasse. La porte vient de se refermer. À clé.

Le chat regarde Janine, Janine regarde la porte.

C'est ce genre de porte d'entrée munie d'une poignée ronde tournante, avec un loquet intérieur pour empêcher ladite poignée de tourner afin de dissuader d'éventuels voleurs de la crocheter. Comme si les voleurs allaient venir forcer une porte de maison bretonne au fin fond de nulle part.

Bah. Janine sait que son mari cache toujours un double de la clé sous le second pot de fleur du troisième rang de plantes sur la terrasse.

Ah non.

Bon ça doit être le troisième pot dans la seconde rangée.

Non plus.

Pfff... Janine se décide à regarder sous tous les pots de fleurs. Tous y passent: du plus petit à la plus grosse potiche qu'elle met bien cinq minutes et toutes ses forces à déplacer. En vain.

Mais c'est pas vrai! Où est donc cette maudite clé! Et son mari en a bien encore pour une heure avant de rentrer du cours d'espéranto qu'il a donné à ... euh, à??? Janine ne sait plus. Mais elle sait qu'elle commence à avoir froid.

Le chat a sauté dans le garage par le soupirail toujours entrebâillé. Il s'est perché sur la chaudière et nargue sa maîtresse en faisant un brin de toilette.

Le garage! Mais oui! Il doit être resté ouvert! Janine contourne la maison au pas de course: le froid va bientôt se faire plus vif. Évidemment, elle est sans manteau! Heureusement qu'elle a un pull épais.

Ahhh nonnnn, le garage est fermé! Lui aussi! Ah!

Mais sous la pierre blanche, dans le parterre, là, il y a la clé du garage en principe! Oui! Elle trouve la clé! Enfin! Non! Elle n'ouvre pas le garage! Ça par exemple!!! Mais comme c'est une clé plate pas ordinaire, Janine se souvient qu'elle ressemble étrangement à celle qui ouvre la porte d'entrée. Chic!

Elle retourne l'essayer au pas de course, Oui! Ça devrait être la bonne clé! Mais que faisait-elle donc derrière? Non ça ne marche pas! Cette maudite clé ne rentre pas! Et de toute façon, à l'intérieur, l'autre clé, restée dans la serrure de la poignée, bloque l'accès à celle que Janine veut introduire. Le cauchemar!

Dans la chaufferie, le chat ronronne. Sur la terrasse Janine bougonne.

Et s'emmitoufle dans la bâche qui protège le salon de jardin. Heureusement qu'il ne neige pas. Elle commence à avoir froid. Combien de temps encore à attendre? Son chéri va entendre parler du pays!

Tiens, miraculeusement, Janine voit enfin les phares de sa voiture! Il se gare, il descend de l'auto immobile! Elle le suit, il ne comprend pas.

Elle lui explique et il lui répond tout gentil: « Mais enfin, ma chérie, cette clé, c'est celle de la chaufferie. Tiens regarde » et hop voilà Janine qui se retrouve dans le garage, via la chaufferie qui fait office du buanderie depuis l'an dernier. Grâce à son chéri qui l'a si bien aménagée... Et qui a percé une porte d'accès vers l'arrière de la maison, pour que sa petite femme chérie n'ait plus à faire le tour par le garage quand elle veut étendre son linge au soleil... La porte de la buanderie, toute neuve. ET DONT LA CLÉ EST CACHÉE

SOUS LA PIERRE BLANCHE!

Une volée de marches d'escalier plus tard, toute transie, Janine boit le bon grog que son mari lui a gentiment préparé pour la réchauffer et il lui assène, sans le vouloir, le coup de grâce: « Tu ne te souviens pas? Tu m'as dit que la clé, cachée sous les pots de fleurs, c'était, comme sous le paillasson, un truc que tous les voleurs connaissent. Je t'ai proposé de la cacher dans le pot suspendu dans la gloriette que tu m'as fait te construire l'été dernier. Tu as oublié? ». Et de continuer: « Celle de la chaufferie, c'est pour ne pas salir devant en cas d'orage ou de chaussures trop boueuses, c'est tout. »

Toute penaude, le nez dans son grog, Janine ne répond pas. Elle a le cerveau en miettes. Serait-elle en train de démarrer un Alzheimer précoce? Très précoce!

Le chat, qui a discrètement suivi ses maîtres dans l'escalier, ronronne béatement dans le panier des écheveaux. La soie, c'est une pure merveille. Et ça protège bien du froid.

La nuit de la dame patronesse

Pour Marie-Claude L.

Avec les mots: caté, curé, chorale, messe, bénévolat

A la demande générale d'une amie proche, je fais paraître ce matin une histoire que j'ai écrite il y a quelques années. Elle fait partie d'un livre de mon ancienne collection "contes et légendes" à présent épuisée. Je sais que certaines (certains aussi? pas certaine!) d'entre vous ont acheté ce livre, mais beaucoup ne connaissent pas ce beau "métier" de "diaconesse" (féminin de diacre...). Bonne et saine lecture à toutes et tous.
NB: l'écriture est plus "pompeuse" penseront certains; c'est normal, avant d'écrire, je contais mes histoires (dans les crêperies surtout ah ah ah!). Selon moi, le rythme est très important, dans les histoires contées. Pour ne pas lasser l'auditoire. J'ai voulu garder ce rythme aussi à l'écrit. Et puis notre langue française est si belle. Elle chante naturellement quand elle est employée correctement. Non?

Il était une fois, oui, c'est assez rare pour

être souligné, cette histoire commence comme un conte de fée, car c'est bien d'une fée dont il s'agit ici. Nous ne l'appellerons pas par son nom de baptême pour ne pas froisser sa modestie, beaucoup la reconnaîtraient par ici ; appelons-la seulement par un terme affectueux, donnons-lui du « Mamie » par exemple. Cela fera mieux.

Il était donc une fois, en cette bonne ville de Locquirec, une brave dame patronnesse.
Qu'est-ce en vérité que ce drôle de métier? me demanderez-vous, vous les plus curieux.
Ce n'est en aucune façon un métier me hâterais-je de vous répondre.
C'est une raison d'être, une vocation, que dis-je, un véritable sacerdoce.
Non, le mot n'est pas trop fort, jugez-en par vous même: Quand l'âge où la retraite, bien méritée, sonna à la porte de cette brave femme, elle avait la soixantaine bien entamée. 4 enfants elle avait élevés, un mari elle avait éduqué, le tout en conservant son métier d'assistante de vente, et ce à temps plein, sans compter sa vie de femme mariée à temps complet, de mère au foyer à temps partiel, fins de semaines, vacances et jours fériés inclus, de soutien familial à mi-temps chez les voisines et d'assistante sociale à trois-quarts-temps chez les amis.
Ah oui, elle avait même trouvé encore du

temps pour élever 4 de ses 5 petits-enfants, qui fort judicieusement, commençaient à vouloir enfin devenir grands.

La famille, ça tient en forme, voyez-vous.

Et voici que monsieur le recteur, nouvellement nommé dans notre paroisse venait en rajouter une couche.

- Comprenez-vous, ma bonne amie, nous manquons de gens de bonne volonté par ici: nos petits grandissent dans la méconnaissance de la foi en Notre Seigneur Jésus-Christ. Serinait-il à longueur d'homélies.

- Mais, mon père, où sont donc passées les nonnes qui m'ont si bien enseignée? répondait notre brave Mamie.

- Ah, ma petite fille de Dieu, elles se font vieilles par ici. Et puis, la jeunesse d'aujourd'hui ne sait plus ce que le mot « couvent » veut dire.

- Mais vous, mon père, il entre dans vos obligations d'enseigner à nos jeunes gens et à nos jeunes filles.

- Las, ma sainte fille de Dieu, je me fais vieux, j'attends la relève, qui ne vient pas. Nos jeunes gens font des crises de foi. Je suis seul à régir cinq, six paroisses, qui sont si éloignées que je passe plus de temps sur les routes que près du bénitier. J'enterre à tour de bras, mais je ne baptise pas.

- Hélas, mon Père, que puis-je bien y faire

répondit notre Mamie, qui tomba les deux pieds dans le piège!

- Mais vous pouvez beaucoup, ma chère sainte fille de Dieu: Il vous suffira de donner juste un peu de votre temps, puisqu'en retraite vous êtes maintenant. Faire un peu de catéchisme aux enfants du primaire, ça vous sera plus facile que ça en a l'air: parler du Bon Dieu comme on vous en a parlé dans vos jeunes années.

- Ah bien sûr, alors, si c'est tout.

- Oui, c'est à peu près tout. Et puis vous avez une jolie voix , si je me souviens bien. Il vous sera facile de leur apprendre à chanter. Le dimanche de temps en temps à la messe, vous les aiderez à psalmodier. Ah ma très chère sainte fille de Dieu, je vous suis si reconnaissant avec vous notre église retrouvera ses fastes d'antan.

Et c'est ainsi que bien vite, complètement embobinée, notre Mamie chérie se retrouva coincée:

le lundi à l'école pour les séances de caté,

le mardi chez le curé pour la messe préparer,

le mercredi en chorale pour les chants répéter,

le jeudi en paroisse pour quelque extrême onction les familles accompagner,

le vendredi à l'église pour joliment la décorer,

le samedi sur les routes pour un organiste trouver
et enfin le dimanche au micro pour animer.
Et le tout bénévolement, faut-il le préciser?

Aucun titre honorifique, aucune entrée au paradis, aucune obole aucun passe-droit pour monter au ciel tout droit. De toute façon, elle ne le demandait pas!
Elle ce qu'elle voulait, c'était juste souffler. Trouver un peu d'aide auprès de plus jeunes...

 Mais la relève tarde à être assurée.

En guise de morale, je pense qu'il serait grand temps que nos recteurs, vicaires, curés et autres prétendants pensent un jour à élever notre dame patronnesse au rang de sainte diaconesse, ce serait, de plein droit, amplement mérité. Une petite reconnaissance, un petit mot gentil, un sourire en guise de récompense, un simple petit merci.
Eh bien non, nos curés d'aujourd'hui sont au choix, soit trop vieux trop fatigués trop usés par le métier, soit trop nombreux, carriéristes diplômés, arrivistes, prêts à tout pour récupérer une bonne place à l'évêché.
Ils oublient simplement que d'ici pas longtemps, faute de curés dans nos

campagnes, ils perdront leurs paroissiens, et faute de paroissiens, dans nos zones urbanisées, ils perdront leurs églises désespérément vides qui seront désacralisées.

Et tout ce joli monde finira paganisé.

Album souvenir

Avec les mots: photos, généalogie, guitare, humour, chorale

Quand nous nous sommes mariés, mon chéri d'amour et moi, il y a quelques années, mon beau-frère nous a dit que ce n'était pas la peine de payer des mille et des cent pour un photographe professionnel, parce qu'il se chargeait de tout. Qu'il avait tout le matériel nécessaire. Qu'il maîtrisait tout de A à Z.

Petite précision qui a quand même son importance, il avait omis de nous dire qu'il travaillait encore en argentique. Et, bien que ce ne fût pas son métier, mon chéri lui dit OK.

Ce qui fait qu'au jour d'aujourd'hui, nous avons juste les photos que nous avons dû quémander aux uns et aux autres, que j'ai péniblement acquises au bout de trois longues années, à force de courriers, et que j'ai simplement rangées dans un de ces albums photos dans lesquels on glisse lesdites photos.

Pas de quoi en faire un album souvenir décent. On n'avait même pas tout le monde. Sauf toute la famille et les amis du beau-frère. Apparemment le labo de développement avait égaré les bobines de notre mariage... LES bobines. Il me prenait pour une beauf, le beauf.

Bref depuis, je dis à tous mes amis en passe de se marier de prendre un vrai photographe professionnel.
Le curé est une option, le maire, une tradition mais le photographe pro une obligation.
Sauf que mon amie Agnès, elle n'a pas voulu m'écouter.
Et quand elle s'est mariée, il y a trois ans, elle a demandé à notre ami Christian de faire le photographe reporter! Je l'avais prévenue. Tant pis pour elle.

Sauf que notre Christian n'a pas qu'une seule corde à son arc. C'est un excellent illustrateur (voir texte 65 du Tome 1 des défis), mais auparavant, dans une vie antérieure, il eut un métier plus «professionnel». Il fallait bien faire bouillir la marmite.

C'est aussi un fou de généalogie, mais ça c'est une autre histoire. Nous nous égarons, revenons à nos ouailles.

Et Christian, c'est un gars sérieux, pas comme certains beaufs de ma connaissance. Il travaille sur numérique. Déjà, exit les labos égareurs de bobines. Agnès, elle, elle la verrait sa bobine, et celles de TOUS ses invités (les évités aussi, en tous les cas y en avait à notre mariage! Des pas invités par nous, venus squatter quand même, genre « invités par le beauf ». Si, si, je vous jure que c'est vrai).

Ce qui fit qu'Agnès eut le reportage de sa vie. Avec plein de vrais Albums Souvenirs: des photos artistiques du couple, du couple avec la famille, du couple avec les amis, du couple avec les amis des amis des invités et des quidams. Des flous artistiques, des points de vue magiques. Des photos pleines d'humour aussi, comme celle du témoin faisant mine d'avoir égaré les alliances... sauf qu'il les avait vraiment égarées. Bref encore aujourd'hui on en a la larme à l'œil de se plonger avec délice dans ces albums.

Mais bon, hein, tout le monde n'a pas un Chrisitan-joker dans sa manche. (ah si je l'avais connu plus tôt!... Ben nan, en fait ça n'aurait servi à rien: Locquirec-le Quercy, ça fait une trotte.)

Moi, l'album d'Agnès que je préfère, c'est celui du repas de noces. Parce que, le soir même, on avait concocté des petits cadeaux aux jeunes mariés: qui avait préparé un sketch façon Anne Roumanoff et ses « brèves de comptoir », qui avait des anecdotes sur le marié que presque personne ne connaissait (et que le marié ne pensait pas voir déballer...) Et notre Christian national de prendre sa guitare (c'est qu'il joue presque aussi bien que moi le bougre! Brassens et les Beatles sans doute? Très bonne école, tant pour apprendre l'anglais que la guitare).

Il avait préparé un résumé de la vie de nos amoureux en chansons. Tout y passa, de leur enfance à leur rencontre, de leurs premiers émois au dîner de mariage. Il avait écrit les paroles, illustré les chansons, monté un petit livret. Ainsi fut créée une chorale improvisée de plus de 100 voix! Et, bien plus tard dans la nuit, chacun put repartir des chansons plein la tête et le livret sous le bras. Ce fut une belle noce, moi je vous le dis.

Si c'était à refaire, ben je prendrais Christian comme photographe.

Ou un photographe professionnel, on ne sait jamais.

Un super héros

Avec les mots: Clovis, musculaire, avenir, caractère, curieux

Clovis est un petit garçon de 4 ans. Il a bon caractère, il est curieux, il voudrait vivre plein d'aventures, comme les héros des dessins animés que maman lui permet de regarder de temps en temps.

Mais Clovis a un souci, un pépin de santé. Un truc qui cloche dans son corps, genre musculaire, vous voyez?

Il n'est pas inquiet parce que maman lui a dit de ne pas s'inquiéter. Et maman lui a dit aussi que dans l'avenir, il sera guéri. Il n'est pas malheureux non plus parce que Framboise, sa kiné, le fait tout le temps rigoler. Pour de vrai elle ne s'appelle pas Framboise. Son prénom, en réalité, c'est Françoise. Mais Clovis trouve que Framboise ça lui va mieux. Alors elle est d'accord. Va pour Framboise.

Ce matin, elle trouve le petit garçon triste et fatigué. Pourquoi? Elle l'interroge, il répond qu'il en a assez de ne pas bien marcher comme les autres petits garçons.

125

Alors Framboise a une idée: Pourquoi Clovis ne deviendrait-il pas fort et costaud comme le gars qui portait son prénom dans l'histoire de France, il y a très, très, très longtemps. Bien avant le temps des chevaliers, enfin, Framboise croit se souvenir que c'était avant. Elle rassemble ses souvenirs scolaires et tout en faisant travailler les jambes de son petit protégé elle se lance:

« Il était une fois un jeune et brave petit garçon qui s'appelait Clovis. À 7 ans son papa lui a offert un casque, un bouclier et une épée très lourde. Alors il a appris à s'en servir. A cette époque-là, il n'y avait que ça pour jouer. Il n'y avait pas la télé, pas les consoles de jeux, même pas de livres. C'est comme si tu vivais dans une cabane, au fond de la forêt.

Clovis, il adorait ça, se battre. Il faisait du sport tous les jours. Il courait, il montait à cheval, parce que à son époque, il y avait plein de tribus comme la sienne qui voulaient s'agrandir alors ils se battaient tous les uns contre les autres.

Et comme métier important à cette époque-là, il y avait ceux qui fabriquaient les épées, les forgerons, et ceux qui se battaient avec, les soldats. Clovis voulait devenir soldat.

Mais au cours d'une de ces bagarres, le papa de Clovis, le roi Childéric, est mort. Alors

Clovis devint roi à la place de son père. Il était jeune, il n'avait que 15 ans. Il est devenu Clovis 1er.Il a battu quand même tous les ennemis qui voulaient voler sa place, il a même récupéré tout un pays. Et comme son peuple s'appelait le peuple franc, eh bien son nouveau royaume s'est appelé « le pays des Francs ». Et aujourd'hui on l'appelle la France! Voilà! Elle t'a plu mon histoire? »

« Oui, Framboise, mais moi aussi je voudrais apprendre à me battre avec une épée!».

« Eh! Oh! Avant il faut muscler tes bras mon petit gars! Tiens soulève cet altère, comme ça! Voilà! Pas mal! Si tu fais bien tes exercices, on passera à l'épée, en plastique hein! Je ne veux pas que tu me tues! Je te trouverai un bouclier aussi! On fera des exercices rigolos! Mais si je dis arrête, tu arrêteras, promis? »

« Promis! ».

« Tiens, regarde sur ma tablette, voici une image de Clovis ».

« Mais il a des nattes comme les filles! Et puis il est barbu! »

« Oui, il est resté roi plus de 20 ans! Il n'est pas resté âgé de 15 ans toute se vie! C'était la mode , les garçons avaient des nattes. ».

« Framboise?... Si je ne peux pas encore avoir l'épée et le bouclier, je peux avoir la cape et le casque s'il te plaît? »

Françoise lui attache alors une des serviettes de bain qui protègent sa table de soins. Pour le casque, elle prend un bol en plastique. Son Clovis a fière allure!

« Framboise, je voudrais aussi un masque de Zorro! »

« Mais pour quoi faire mon grand? »

« Ben, Clovis c'est un super héros! Et les super héros ils ont des masques de Zorro! »

« Promis, mon grand, je te trouverai aussi un masque de Zorro! »

Fier de lui, le petit garçon se met à marcher, le plus droit possible:

« Regarde Framboise, je marche bien droit! C'est moi Clovis 1er! Je suis Clovis, le Petit Roi des Grands! »

Le goûter

Pour Pascale

Avec les mots: institutrice, scrapbooking, mamie, Sicile, gospel

Pascale est furieuse, Pascale s'énerve. Pascale enrage.

Un simple bout de papier et des ciseaux, un joli album photo: du scrapbooking. SON scrapbooking. Eh bien non elle ne peut pas « scrapbooker ». Elle s'est cassé le bras il y a maintenant deux semaines. En voulant retirer le rideau pour le laver. Debout, pas sur un tabouret, ni une chaise, ni un escabeau, non, trop facile. Debout sur le meuble tv, plus drôle. Plus risqué aussi d'ailleurs. Le rideau n'a rien eu. Même pas déchiré.

Depuis deux jours Pascale n'a quasiment plus mal. (et plus de rideau dans le salon depuis deux semaines). Mais comme elle est plâtrée quasiment jusqu'à l'épaule, elle ne peut rien faire avec son bras. Et tant qu'à faire, elle s'est cassé le bras droit. Pour une droitière, hein... Tant pis, pas grave! Ben si en fait. Parce que depuis sa vie est un enfer. Exit le grimper aux rideaux. Surtout sans escabeau.

Heureusement qu'elle est en retraite. Parce qu'une institutrice avec un bras dans le plâtre, c'est aussi utile qu'une guitare avec 1 corde en moins.

Bon se lever, se laver, s'habiller (des trucs simples. Exit les baskets à lacets, le joli blouson rose à paillettes et à fermeture éclair) ça va. Quoique, se passer de douche pendant un mois complet. Elle ne tiendra pas. Il faudra qu'elle trouve un truc genre sac en plastique pour isoler son plâtre. Il n'est pas waterproof. Et il ne faudra surtout pas qu'elle glisse dans la baignoire. Ce serait le comble.

La cuisine, là ça commence à devenir difficile ; Vous avez déjà essayé de monter des œufs en neige sans tenir le bol? Idem la mayonnaise. À ce rythme là, son Christian et elle vont vite retrouver la ligne. Comme il dit « à toute chose malheur est bon ».

Mais là, le scrapbooking d'une main, c'est nul. La colle ne veut pas lâcher le confetti. Qui ne veut pas se poser juste ici et pas là. De toute façon ce confetti, à bien le regarder, il n'est décidément pas rond. C'est sûr, découper sans regarder hein, c'était risqué. Ben essayer un peu pour voir , avant de vous moquer: le papier dans la main droite celle qui est bloquée contre le côté latéral droit du torse, bien en arrière, les ciseaux (de droitier) dans la main gauche, trop penchée en avant sur le côté, les lunettes glissant le long du nez, sinon ce n'est pas drôle. Forcément, on ne voit pas ce fi..u trait noir sur fond bleu! Alors découper rond, ben ça s'avère tenir du miracle. Aïe le torticolis en plus! Exit aussi le scrapbooking.

Bon la rando, ah nan, peut pas lacer les chaussures.

Son amie Agnès, qui est venue prendre le thé tout à l'heure, lui a proposé de venir la chercher pour la répétition de leur chorale de gospel demain soir. Pas la peine. Déjà qu'elle a du mal à tenir debout plus de dix minutes, mais en plus la chanson finale c'est « He's got the whole world in his hands ». À psalmodier, à scander en rythme (trois pas à gauche, claquez des mains, trois pas à droite, claquez des mains....) en français: Il tient le monde entier dans ses mains... le veinard.

Côté ménage, un bras dans le plâtre, ça a son avantage. Pascale ne peut pas tenir le tube de l'aspirateur à une seule main. Ni le balai. Bon il reste le chiffon à poussière, certes mais euh, non.

Et pour le voyage chez Mamie, en Sicile la semaine prochaine, on oublie. Bah Mamie s'en remettra ; à 85 ans elle a une de ces santés. Pascale en serait presque jalouse.

Quant au rangement de la chambre du fiston, mission impossible. Elle doit se baisser bien droite, car depuis sa tentative de salto arrière avec lâchage de rideau, elle a aussi mal au dos. Mince elle ne s'est pas ratée.
Elle s'assoit sur le lit de son garçon, histoire d'être à peu près à la hauteur de la chaussette sale qui la nargue, deux centimètres plus bas. Raté.

Pascale soupire. Pascale déprime. Encore trois semaines. 21 longs jours. Et 21 longues nuits. À dormir sur le dos, quasi assise. Son chéri dormant comme un bienheureux lui. Trop injuste.

Les pensées de Pascale errent. Vary, le varan est réveillé. Drôle de regard genre caméléon, un œil ici, l'autre là. On ne sait jamais vraiment ce qu'il observe vraiment. Ah si, ici, c'est Pascale qu'il guette. Ah ben tiens, pas fou Vary: enfin quelqu'un qui va lui donner à manger! Pascale ayant pitié de lui s'approche de son terrarium en lui parlant doucement. Après tout, s'il a faim, un petit criquet et ça repart!

Bon étape par étape, Pascale pense pouvoir y arriver. Ouvrir la boîte à criquets, ok avec les dents c'est jouable. Non! Ne pas renverser la boîte! Ouf il n'en reste plus qu'un dedans. L'attraper devient facile du coup. Pas de risque de fuite intempestive de criquets dans toute la chambre.

Arg il est vivant le bestiau. Pascale doit le tenir délicatement par le corps, sans l'écraser. Vary ne mange que du vivant (pouah).

La boîte gît sur la moquette blanche. Pascale l'a oubliée et marche bien tranquillement dessus, écrasant au passage les feuilles d'arbre dont se nourrissaient les criquets. Une jolie tache vert brun grisâtre orne maintenant la belle moquette qui fut blanche.

Mais pour l'instant Pascale a d'autres soucis: Elle doit tenir la proie pas trop contente du sort qu'on lui réserve et qui se verrait bien réintégrer au plus vite sa boîte et son feuillage chlorophyllien, ET ouvrir la trappe de nourrissage du terrarium en verre. D'une seule main bien entendu... Elle tient cricky le criquet entre le pouce et l'index. OK. Il lui reste donc trois doigts pour entrebâiller ladite trappe, située sur le dessus du terrarium. Ah il y a une sorte de crochet. Bien entendu, Pascale n'a pas pensé à regarder comment fonctionne la trappe

AVANT de penser à tenter d'essayer de nourrir Vary.

Qui commence à s'impatienter. Il a faim. Point. D'habitude, il monte sur sa mangrove, zieute son maître droit dans les yeux, enfin « droit » façon de parler, et là son maître comprend.

Il ne reste plus à Vary qu'à patienter 30 secondes. 40 au max.

Là, ça fait bien deux minutes trente qu'il attend. C'est long. Même pour un varan patient.

Donc il a grimpé tout en haut de sa mangrove, près de la trappe, il attend.

Ben si elle s'y prend comme ça , maman, on n'est pas sorti de l'auberge.

Pourquoi y va-t-elle qu'à une seule main?

Elle ne va jamais y arriver.

Vary le sait, Vary le sent: il va sauter le goûter.

Paf!

Voilà!

Qu'est-ce qu'il disait?! Pascale a réussi à entrebâiller, juste un peu, la trappe. Mais elle a oublié le ressort qui empêche le varan de se sauver au cas où. Du coup elle s'est coincé l'auriculaire. Ça fait mal, mais au moins ça ne saigne pas. Elle va avoir un ongle bleu. Ils sont solides ces ressorts! Genre tapette à souris vous voyez?

Pascale est fière: elle n'a pas lâché Cricky le criquet, qui n'en mène pas large: la trappe s'est refermée à un millimètre de son antenne droite. Il en a fermé les yeux de désespoir. Pis là, pour respirer, ça devient limite. La dame, elle sert trop fort.

Vary comprend que maman va tenter un deuxième essai.

Il est de tout cœur avec elle.

Mais là, c'est l'annulaire qui trinque. Ah ça y est, ça saigne. Oh pas beaucoup, mais quand même. Pascale renonce.

Pascale retourne s'asseoir sur le lit, écrase de nouveau la boîte.

Ah mince la boîte!

Cricky peut dire adieu à son paradis vert.

Pauvre Pascale, elle fixe le criquet, prête à pleurer, puis dans un soupir, elle tente de sortir son mouchoir de sa poche à l'aide de ses trois doigts restants (dont deux blessés et douloureux) Cricky est figé.

Pascale met du sang partout sur son gilet gris clair, réussit à ne pas écraser le criquet au fond de sa poche, récupère son mouchoir, puis essaie de le glisser entre ses doigts emprisonnés dans le plâtre. Elle a mal, elle veut panser ses doigts endoloris, sans lâcher la proie.

Le varan, voyant son goûter lui échapper, est en train de se démarrer une belle déprime en haut de sa branche, tout seul dans son terrarium.

Mais la déprime de Pascale paraît plus forte.

Assise de nouveau sur le lit, elle essaie de comprimer un vertige latent, tout en sentant qu'elle ne doit pas lâcher le criquet suffoquant.

Et là , miracle, une ombre s'encadre dans la porte de la chambre. Le fiston vient de rentrer. Il s'arrête devant la scène cocasse. Comprenant alors le drame que vit son varan, il attrape le criquet au vol, le donne à son reptile (à deux mains c'est bien plus facile) puis se retourne face à sa maman livide.

Et là, d'un regard assassin il achève sa mère d'un:
« Maman, qu'est-ce que tu fais dans ma chambre? Non mais tu as vu le bazar que tu as mis? »

Pascale ne répond pas: elle fixe la chaussette sale qui la nargue, à deux centimètres de son pied, près de la boîte éventrée d'où finit de couler un liquide marron verdâtre. C'est sûr, la moquette est fichue.

Mais tout va bien, Vary le varan a eu son goûter.

Le concours

Pour Sandrine G.

Avec les mots: concours, traits, bulle, projet, rejoindre

De mes années "ploujeannesques" il me reste encore un joli souvenir, qui s'est déroulé durant l'année scolaire 1988- 1989.

J'avais les niveaux du "cycle III": CE2, CM1 et CM2 dans une même classe. Peu de CM2, mais qui me connaissaient depuis deux ans, qui savaient travailler silencieusement et seuls depuis le CP. Qui savaient combien une classe multi niveaux peut être enrichissante. Et ce petit groupe n'était formé que d'élèves ayant toutes et tous le même niveau, élevé. Les CM1 fonctionnaient aussi quasiment en autonomie. Quant aux CE2, ils comprirent vite l'intérêt de travailler sans bruit, sagement, intéressés par tout le programme que je leur avais concocté. Bref cette année-là fut une de mes années magiques où tout fonctionnait à merveille. La preuve que le double, voire le triple niveau est utile: arrivés en 6 ème, chaque année, les professeurs de collège reconnaissaient nos anciens élèves car ils se montraient toujours autonomes et mûrs. Mais là n'est pas le propos du jour. Revenons à nos élèves de cycle III.

Ce matin d'octobre, je tenais une lettre officielle à la main. Elle venait du Ministère de L'Éducation Nationale... et portait le cachet du ministère de La Culture. Mr Jack Lang proposait un concours ouvert aux CM1 et CM2 sur l'Histoire de France.
Il voulait faire faire une immense frise historique pour fêter dignement, et avec les petits élèves français, la Révolution Française de 1789. Il avait fait découper une frise historique virtuelle en 95 parties, une par département.
Le Finistère était tombé sur la seconde guerre mondiale. La classe qui gagnait le concours (la meilleure idée et sa réalisation) représenterait son département et même sa région aux festivités du bicentenaire de la Révolution, à Paris, le 14 juillet!
Les classes intéressées devaient envoyer un résumé de leur projet. Mes CM, attentifs pendant la lecture, se mirent rapidement à chercher une idée, car en histoire, ils en faisaient une, frise, ils connaissaient leur sujet. Je leur proposai de mettre leurs idées par écrit et qu'en fin de semaine, on trancherait.
À la fin de la semaine, les CM avaient trois idées majeures. Dont une intéressant

directement Ploujean: une de nos rues, entre l'école et l'église, s'appelait « rue François Scornet ». Et sur la plaque, sous le nom, était rajouté un simple mot: « résistant ». Les CM2 ayant déjà étudié une partie de la seconde Guerre Mondiale, avaient expliqué aux CM1 ce que ce mot voulait dire. Le sujet fut lancé: trouver qui était François Scornet, ce qu'il avait fait, et pourquoi une de nos rues portait son nom. Les enfants rédigèrent alors leur projet et l'envoyèrent au Ministère de la Culture, pour le concours.

Leur projet arriva premier dans le Finistère car c'était une idée concrète sur un personnage ayant vécu près de l'école! Nous avions franchi la première étape: nous étions sélectionnés au niveau départemental! Pour devenir finalistes au niveau régional, il nous fallait concrétiser notre idée... Et là, les enfants eurent du génie: il y avait parmi eux deux ou trois bons dessinateurs, dont une fille, Sandrine qui, elle, pouvait dessiner tout, absolument tout ce qu'on lui demandait. Elle devint chef du projet: les enfants voulaient recréer la vie de François en bd! Rien que ça! Inutile de vous rappeler qu'en 1988, internet n'existait pas.
Donc chacune et chacun se plongea qui dans les encyclopédies en plein de volumes, qui dans les archives de la mairie, qui allait le

samedi après-midi rencontrer tel ou tel grand-parent ayant éventuellement connu François. En 15 jours on en connaissait suffisamment pour découper la vie de François en une quinzaine de pages. Une par enfant. Chacun retraça une partie de la vie de François. Ce jeune homme de Ploujean avait eu une vie simple. Elle fut, hélas, également courte: il entendit l'appel du Général de Gaulle. Il choisit de partir le rejoindre. Ils étaient une quinzaine dans la barque qu'ils mirent à l'eau, par une mauvaise nuit de tempête. Mais ils tinrent bon. François savait naviguer, ils devint le chef de la barque. Il sauva ses hommes. Ils accostèrent sans avoir chaviré. Ils se croyaient en Angleterre. Mais ils étaient seulement à Guernesey. Tombée peu de temps auparavant aux mains des allemands. François fut fusillé. Il n'avait que 21 ans.

Les enfants firent une superbe BD. J'en avais les larmes aux yeux en la reliant. Elle avait fière allure. À l'époque on avait eu du mal à la finaliser: notre vieille imprimante arthritique bourrée d'humidité venait de rendre l'"âme. Heureusement qu'on avait eu le temps de lui faire faire deux exemplaires pour le concours: un ouvrage A4 à relier, et les panneaux A3 de chaque page, en affiche libre. Chaque enfant avait donc créé sa propre page d'abord au crayon puis, sous l'aval de Sandrine (qui , non seulement avait à faire la page de la fusillade, mais vérifiait aussi chaque feuille et y dessinait la tête de François, pour qu'il soit bien ressemblant sur chaque page où il apparaissait) , repassait, au feutre noir fin, chaque case, chaque vignette, chaque texte (là, c'est moi qui avais corrigé!) puis, le lendemain (pour que l'encre soit bien sèche) gommait à la gomme « mie de pain », les traits de crayon. Il ne restait plus à chaque élève qu'à colorier son personnage. Car les enfants avaient décidé que chacun aurait une partie bien spécifique à colorier ainsi il y aurait continuité dans la BD! Quand je vous dis que ces enfants avaient du génie!

Toute la classe se déplaça à la Poste, le jour où nous envoyâmes la BD. On attendit les résultats plus ou moins patiemment et plus d'un mois: si on passait premier, on irait à Paris pour le défilé du 14 juillet! Et pour présenter notre travail!

La réponse arriva le 7 mai 1989: notre petite école de Ploujean, 3 classes à double ou triple niveau, avec 9 CM1 et 6 CM2 venait de remporter son concours régional!!!!!!!!! Nous avions gagné! Nous allions représenter la Bretagne à Paris! Sous l'Arc de Triomphe!!!! Le 14 juillet 1989!!!

Bon, maintenant, il allait falloir préparer les parents au fait que nous allions, hors temps scolaire, partir deux jours et une nuit, tous frais payés, (juste pour les enfants, pas pour les accompagnateurs, ni l'enseignante) en car à Paris... C'est que quasiment tous les parents voulaient venir avec nous! Nous finîmes par trouver un compromis: un des parents de chaque CM prendrait le car avec nous. Les autres s'entre « covoitureraient » derrière notre car! Il me restait des amis sur Paris: on trouva où loger tout le monde!

Mais une dernière lettre arriva le 25 juin: Mr Jack Lang s'excusait (officiellement mais on savait tous que ce n'était qu'une circulaire de plus pondue à la va vite par un sous secrétaire du sous secrétaire du secrétaire du chef de cabinet du ministre) mais le budget alloué aux festivités du 14 juillet avaient trop dépassé le plafond: il gardait le défilé grandiose (et largement plus cher que prévu initialement) du bicentenaire de la Révolution, il annulait le concours. UN grand merci à Mr Jean-Paul Goude, l'auteur de ces festivités hors normes et hors de prix.

Nous n'allâmes jamais à Paris.

Mes élèves n'eurent jamais aucune compensation, hormis cette lettre qu'on jeta bien vite à la poubelle.

Le pire c'est qu'on ne nous rendit jamais notre BD, ni les affiches. Classement vertical du Ministère de la Culture.

Aujourd'hui, il ne me reste que ces magnifiques souvenirs d'une poignée de gamins qui avaient porté au plus haut les couleurs de notre village, de notre département, de notre région.

La nuit du talabarder*

Pour Joël

Avec les mots: enfance, parents, musique, mariage, enfants

Je dédie cette histoire à tous les musiciens qui nous ont fait ou qui nous font rêver. * un talabarder est un joueur de bombarde en Bretagne

Un soir dans un bal chez Tilly, un jeune garçon ne dansait pas. Il ne jouait pas non plus. Yannick écoutait. Il rêvait... Qu'il jouait du saxo aussi bien que le musicien qu'il entendait.... Et Joël, le saxo, à sa pause, lui expliqua que les rêves étaient faits pour se réaliser... IL suffisait d'y croire... et de travailler... Alors Yannick rentra chez lui, à la ferme que ses parents tenaient, plein d'airs et de musique dans sa tête.

Le petit Yann, Yannick comme on dit chez nous, était le dernier des enfants Le Lay. Il passa son enfance à la métairie, il aimait le travail de la ferme.

Il aimait surtout mener les vaches sur les hauteurs de la Pointe du Corbeau. Depuis son promontoire, il regardait alors les vagues se fracasser en contre bas sur la roche acérée, façonnée depuis des siècles et des siècles par les courants et les marées. C'est plus le bruit du vent et de l'eau qu'il aimait écouter. Et pour s'occuper, il frappait en cadence sur ses cuisses, orchestrant alors de son corps une mélodie que lui seul entendait dans son cœur. Il devenait soudain le chef suprême des korrigans qui chevauchaient les embruns en riant. Il devenait le chef vénéré à qui les flots obéissaient. Et dans sa tête, sa symphonie se déroulait, s'amplifiait, pour venir mourir doucement au pied de la Pointe, dans un ultime mouvement de notes et de gouttes d'eau scintillant dans le soleil couchant.

Yannick adorait vraiment la musique.

Depuis que son grand oncle, Laou An Del était venu "sonner" en couple avec son collègue cornemuseux, au mariage de la grande sœur Soazig, Yannick voulait faire de même. Il avait tout écouté, tout retenu! Depuis, sur le chemin de l'école, il sifflait les mélodies. Dès le soir venu, il passait et repassait en boucle toutes les danses dans la tête à l'envi. Et sur la Pointe, il dansait les pas bien dans le rythme, comme il se doit. Le seul souci, c'est qu'il n'avait aucun argent pour se payer le plus petit instrument. Il n'avait que son corps pour jouer les percussions. Son corps et... son couteau! C'est en passant devant l'étang aux korrigans qu'un matin, menant ses bêtes pâturer, il coupa rapidement la plus belle des canes de roseau. Puis, bien assis contre son rocher préféré, il commença à se tailler un flutiau. Perçant des trous, essayant l'instrument, fignolant, améliorant, essayant encore et encore. Quand il fut satisfait, Il put alors commencer à jouer. Il essaya quelques gammes, comme il avait entendu Laou le faire, quand il voulait chauffer son instrument. Puis, prenant de la sûreté et de l'agilité, Yannick tenta quelques airs. Un an dro pour commencer. Facile à jouer, aisé à danser. Une fois rentré à la maison, Yannick y consacra le reste de sa soirée. Le lendemain, après avoir discrètement arraché quelques feuilles à son cahier d'écolier, il se mit à écrire sur une portée tracée à main levée, un air qu'il venait d'inventer. Bénissant au passage les cours de solfège au collège, qu'il était l'un des rares à apprécier! Au fil de ses soirées, il ajouta un kaz ha barh, deux laridés et une gavotte en son entier: tam simple, bal, et tam double, tout y était! Mais il avait peur de montrer ses airs aux adultes. Il ne voulait pas qu'on se moque de lui. Un fils de métayer, c'est fait pour devenir métayer. Un point c'était tout.

Mais un jour, où il se demandait comment faire pour arracher d'autres pages à son cahier sans que cela ne se voie trop, il aperçut Laou An Del arriver.

- Salut, Yannick. Tes parents sont-ils là?

- Salut mon oncle. Oui père est rentré, maman prépare le souper.

Yannick s'écarta, Laou entra. Puis le jeune homme sortit sa petite flûte et se mit à jouer. La musique, lente et douce d'abord, s'enfla rapidement pour prendre le rythme mélodieux. d'un kar ha barh. Quand il s'arrêta, le grand oncle Laou était derrière lui.

- Eh bien, mon garçon, je ne connaissais pas cet air-là! Il est beau, ma foi. Qui te l'a enseigné?

- Personne, mon oncle. C'est moi qui l'ai inventé.

- Vrai? Mais dis voir, tu as bien joué! Et cette petite flûte, où l'as-tu trouvée?

- Je me la suis taillée dans un des roseaux de la mare d'à côté. Et puis...

Son oncle s'était assis à côté de lui. Mais Yannick n'osait plus parler.

- Et? Tu voudrais continuer. C'est ça?

- Oui, je voudrais continuer. Je t'ai souvent écouté, mon oncle. Je connais tous tes airs. Et comme toi, je voudrais devenir... talabarder.

- Tu as bien choisi, Yannick, Tu es doué, et c'est plaisant de savoir faire danser les gens.

- Mais ce n'est pas un métier pour un métayer. Continua tristement Yannick, perdu dans ses pensées.

- En as-tu parlé à tes parents? Ton père est sensé. Il est ouvert à la discussion. Bon, c'est dit: tu lui en parles et tu m'apportes sa réponse, disons dimanche en 8. Je t'attendrai.

Et sur ce, il se leva prestement, malgré son âge et s'en alla sans même se retourner. Yannick n'en croyait pas son cœur! Et ne pouvant plus reculer, il se leva bien décidé à parler à père sur l'heure. Il s'avéra que Laou avait bien dit: père était sensé. Il demanda quand même, avant de prendre sa décision, d'écouter son fils jouer. Alors, prenant son courage et son flutiau à deux mains, Yannick s'exécuta. Quelle ne fut pas sa joie quand, sur un air de valse, il vit son père se lever pour inviter mère à danser!

Le dimanche arrivé, avec la bénédiction de son père, le fils partit d'un bon pas en direction de la maison de Laou An Del. Qui avait pour lui de bonnes nouvelles: - Yannick, je t'ai trouvé un cornemuseux! Et Yannick surpris de répondre:

- Mais, euh...

- Je dois arrêter de jouer: mon vieux cœur me joue des tours. Je le savais depuis un moment. Mais je reculais toujours. Alors j'ai pris une décision, la voici. Je jouais en couple avec Alan, le jeune que j'ai formé. Il est bien meilleur que moi aujourd'hui! Je lui ai parlé. Il est d'accord de tout t'apprendre. Tu sonneras en couple avec lui.

- Mais, mon oncle, je ne joue que... du roseau!

Après avoir jeté un regard pétillant de malice à son petit neveu, Laou se leva, alla chercher sur une étagère une jolie boîte en bois. Il la rapporta et devant Yannick la posa. Le jeune homme l'ouvrit, et ébahi, caressa du regard la bombarde en ébène qui dormait dans son étui.

- Prends-la entre tes doigts. Vas-y. Elle ne mord pas!

Une main hésitante commença à toucher l'instrument, suivie par la seconde, qui la sortit de son lit. Yannick la trouva bien plus lourde que son flutiau! La bombarde avait autant de trous, mais le dernier, en bas, était masqué par une petite clé en argent, comme on en trouve sur les flûtes traversières. Laou reprit:

- Je pense, d'après ce que je t'ai entendu jouer, que ta flûte est à peu près dans la bonne tonalité. Tu as donc le bon doigté. Mais tu vas avoir besoin de ceci maintenant.

Il remplit un verre d'eau, le posa sur la table sous les yeux émerveillés de Yannick, puis, de sa poche, il sortit une petite boîte, en bois elle aussi, qu'il ouvrit:

- Oh des anches doubles! s'écria Yannick. Il en prit une et souffla doucement: rien! Etonné, il regarda Laou qui souriait.

- Il va te falloir du souffle et une bouche bien musclée! Prenant la seconde anche, il la mit un moment dans le verre d'eau puis, il la porta à ses lèvres; gonflant les joues il souffla: un son pareil au chant du coq s'éleva. Puis il s'arrêta et dit sur le ton de la confidence:

- Tout le secret réside dans le pincement des lèvres. Essaie donc maintenant. Et Yannick essaya, après avoir pris soin de bien mouiller son embouchure. Après quelques couacs et quelques sons peu mélodieux, il réussit à filer un son digne d'un vrai talabarder de métier. Laou se fit alors élogieux:

- Bravo mon garçon! On n'y arrive pas toujours la première fois! Maintenant, tu n'as plus qu'à entraîner ton souffle et tes doigts! Ensuite, tout naturellement, le reste viendra. Le temps venu, je t'apprendrai à tailler le roseau pour fabriquer tes propres anches. En échange, tout ce que je te demande, c'est de prendre soin de cet instrument. Chaque fois que tu auras joué, tu passeras un chiffon dans le cornet. Emporte maintenant cette bombarde chez toi, elle est à toi. Et entraîne-toi. Chaque soir. Reviens dimanche prochain avec quelques airs dans les doigts: Alan sera là. Avec lui, tu sonneras.

- Mon oncle! C'est trop! Je ne sais pas comment te remercier!

- Prends ma place le samedi soir dans les bals, dans les mariages, dans les cortèges. Ce sera pour moi le meilleur des remerciements.

Et c'est ce qu'il fit. Yannick, sans abandonner pour autant le travail à la ferme, apprit à jouer. Il devint un talabarder renommé digne des meilleurs joueurs de festou noz de nos contrées.

Bien plus tard, il confia cette bombarde à son fils aîné, avec pour charge de continuer de la faire sonner. Il avait passé le virus à l'un de ses enfants.

Et si parfois vous allez dans un fest noz, voir nos jeunes danser, regardez bien le talabarder: c'est peut-être sur la bombarde de Laou An Del qu'il fait sonner ses airs!

Ar Baradoz (le paradis)

Pour Marie-Thérèse

Avec les mots: jardin, pêche à la crevette, générosité, chants bretons, Saint Thegonnec

Dans son jardin, Marie-Thérèse est heureuse: elle sourit en travaillant son potager. Oh bien sûr, elle a un peu mal au dos quand elle retourne son carré de pommes de terre. Eh dame, à son âge, la terre paraît de plus en plus basse. Mais comme on dit « on n'a rien sans rien ».
Son fils a beau lui dire de ne pas faire de travaux trop dur, qu'il passera le faire après son travail, Marie-Thérèse n'en a cure: c'est son jardin, elle assume.

C'est comme pour son passe-temps favori: la pêche à la crevette. Son fils veut qu'elle arrête: il est vrai que l' haveneau devient de plus en plus lourd à pousser, pour de moins en moins de crevettes. Mais ce n'est pas à cause de la vieillesse. D'ailleurs Marie-Thérèse n'est pas vieille. Elle est juste un peu plus âgée que sa voisine la Marie... voilà tout. Et puis si l' haveneau est trop lourd c'est à cause de ces algues vertes qui envahissent les eaux de la région. Mais pour l'haveneau trop lourd, Marie-Thérèse a trouvé la parade: un haveneau plus petit. C'est qu'elle a été active toute sa vie. Elle ne va pas s'arrêter du jour au lendemain! Ah ça non par exemple!

De toute façon la vie est comme elle est, c'est à prendre ou à laisser. Alors autant prendre les bons moments! Comme dans ce cantique, celui qu'elle préfère parmi tous ces chants bretons qu'elle aura chantés tout au long de sa vie. D'ailleurs, pour se donner du courage (au cas où elle en aurait besoin) Marie-Thérèse se met à fredonner doucement le « Kantik ar Baradoz », enfin quelques couplets (Il y en a tellement) et en breton (après tout, c'est la langue parlée à Saint Thegonnec, berceau de sa famille et ce n'est pas une loi d'un ministre de là-bas, chez les français, qui y changera quelque chose! Ce Jules Ferry... Marie-Thérèse n'est pas rancunière mais quand même... celui-là, elle espère qu'il n'y est pas, au paradis).
Elle ne fredonne jamais que deux ou trois couplets, toujours les mêmes à commencer par le premier:
« Jezuz, pegen bras 've (Jésus, comme il est grand), Plijadur an ene (Le plaisir de l'âme), Pa vez e gras Doue (Quand elle est dans la grâce de Dieu), Hag en e garante(z) (Et dans son amour). »

Oui, ce cantique lui donne du courage, et la force de continuer.

Le second couplet n'est pas mal non plus:

« Berr 'kavan an amzer (Je trouve court le temps), Hag ar poanioù dister (Et les souffrances misérables), O soñjal deiz ha noz (En pensant jour et nuit), E gloar ar baradoz. (A la gloire du Paradis).

Enfin non, elle n'y pense pas jour et nuit! Il ne faut pas abuser tout de même. Et elle n'est pas pressée d'y partir non plus! Il lui reste encore de jolis moments à passer ici-bas. C'est peut-être pour ça qu'elle saute invariablement les couplets suivants.

Ce qu'elle trouve bizarre, c'est qu'on ait attribué ce cantique à Saint Hervé. Qui comme le moine Thegonnec, a apprivoisé un loup. Le premier parce qu'il était aveugle, le second parce que ce loup devait remplacer le cerf dressé qu'il avait tué et qui aidait le moine hermite à tirer sa charrette.

En fait, du plus loin qu'elle se souvenait, Marie-Thérèse avait toujours entendu dire que c'était le petit Guillaume Rioual qui était l'auteur de ce cantique. Le petit Guillaume, né à Saint-Thegonnec, le fils d'Olivier et Marie-Renée Floch. Qui fut un temps curé de Scaër, et qui mourut, c'est vrai lui aussi aveugle. Il avait composé ce cantique sur l'air du « Sanctorum meritis ».

Rendons à Saint Thegonnec ce qui est à Saint Thégonnec.

Voilà l'angélus qui sonne à Saint Martin. Marie-Thérèse ramasse son panier rempli de ses si bonnes petites pommes de terre. Son amie Katell les aime beaucoup alors elle partagera avec elle. Car chez Marie-Thérèse, la générosité, c'est inné. Et en échange, souvent Katell lui offre un petit café. Alors elles bavardent, du bon vieux temps... Oui, demain, elle passera voir son amie. Avec quelques crêpes et son panier.

Il est temps de rentrer faire la soupe.

Demain il fera jour. Si le beau temps se maintient, Marie-Thérèse repiquera les salades.

La panne

Pour Kiki

Avec les mots: fête, volley, informatique, tennis, vin blanc (+ enseigner)

J'ai connu Kiki lorsque j'étais « maîtresse d'école » à Ploujean. Elle était en formation pour devenir prof d'informatique. Enseigner, elle avait ça dans le sang. D'ailleurs elle me donnait de son temps (beaucoup de temps) le samedi matin pour nous initier, mes élèves et moi, aux ordinateurs qu'on nous avait balancé dans nos écoles, sans nous préparer à la chose. Des TO5, des TO7... qu'il fallait programmer (cartouche «Basic » cartouche « Logo », ça vous parle???) Heureusement j'avais mon joker Kiki!

Et si j'écris sur un clavier aujourd'hui, c'est bien grâce à elle. Mais on s'est un peu perdu de vue au fil des années. Elle est toujours enseignante, je suis retraitée.

Elle est toujours autant fana de sport aussi. Et en juin, c'est le célèbre tournoi de tennis de Roland-Garros, à Paris!

Alors mardi dernier, quand elle est tombée en panne de « box », le jour où Rafael Nadal jouait contre Pablo Carreno Busta, en quarts de finale, ça a été le drame.
Pire que les jours d'inspection. Elle s'est mise à tout débrancher, tout rebrancher... rien.

Second plan: couper le disjoncteur général et rallumer. Rien. Ah si: ayant oublié d'éteindre son ordi, prise par la déception, crac elle a perdu sa prépa de cours de jeudi. Nooonnn. Pffff.
Bon ça ce n'est pas grave: elle a son cours dans sa tête. Il ne lui faudra pas 30 mn pour le retranscrire.

Mais la box n'a émis encore aucun son....

Plan de secours: aller toquer chez le voisin. Plus fana de volley que de tennis. Si sa tv fonctionne, il acceptera peut-être de... ah ben non. Il n'aime pas le tennis. C'est non. Clac la porte s'est refermée. Sympa le voisin. C'est noté.

Son téléphone cellulaire sonne: sa sœur lui propose de venir mais Douarnenez-Morlaix, sous la pluie, hein... et à une poignée de minutes du début du match... Sa sœur lui conseille alors d'aller au « Mercure », voir le match en groupe. Ah ben ça, c'est une idée!

Bon dehors, la tempête se déchaîne. Vive le Finistère en bord de mer ces jours-là. Va-t-elle avoir le courage d'affronter ça?

Après un dernier regard à sa box éteinte, même pas l'heure affichée... elle se décide: Elle attrape ses bottes. Mince il n'y en a qu'une... Kiki met 10 mn à se souvenir que l'autre, qui fuit, est en train, vainement, de sécher dans la cuisine; le premier set a dû commencer vite, elle enfile son ciré-tempête jaune (merci Guy Cotten).

Ah oui, penser à serrer la capuche sinon Kiki va être transformée en montgolfière. Le pantalon jaune de la même marque? Non, quand même pas. Il ne fait pas si mauvais que ça.

Ah ben si en fait, dehors, la tempête s'éclate bien. Des rafales tordent les pauvres arbres. La mer est magnifique, gris huître, moutons blancs énormes, embruns qui volent... Les voitures garées face à la mer apprécient l'eau salée... Kiki sourit: y en a qui devront rincer leur carrosserie demain! Sinon bientôt il y aura plus de rouille que de voiture!

Ceci étant, tourner à droite au plus vite, ne pas rester dans le vent! Ouf! Ça y est. Mais la pluie continue allègrement de cingler son visage. Pourtant elle a la tête baissée! En plus il fait froid! Dire qu'on est en juin! Mais au moins elle est un peu, un tout petit peu seulement, abritée du plus fort de la tempête.

Une voiture passe rapidement. Et qui vient de se prendre la mare d'eau que cette maudite voiture vient de projeter? C'est le pantalon de Kiki. Celui qui aurait été protégé si, finalement, elle avait enfilé le sur-pantalon jaune (re merci Guy Cotten). Et pour couronner le tout, une rafale la plaque soudainement et violemment contre un mur. Mince qu'est-ce qu'il ne faut pas faire pour un quart de finale! Mais Rafa, c'est Rafa! Il a l'air en pleine forme à nouveau! Il va le démolir, son compatriote! C'est sûr! Mais ça demande quand même à être regardé!

Bon, longer les murs devrait permettre à Kiki de ne pas s'envoler, et de ne pas prendre de truc sur la tête genre ardoise, pot de fleur ou mieux... Ce chemin vers le « Mercure », elle l'a fait plus de 100 fois, voire 1000 fois. Il n'a jamais été aussi long. Quel calvaire.

Ah, au prochain carrefour elle tourne à gauche, puis c'est tout droit, enfin! Mais tourner à gauche implique retourner vers le port, vers la mer... vers... Plaf! Elle se retrouve face à la tempête! Ce n'est plus longer les murs qu'elle doit faire, mais les raser!

Sa botte gauche fait des « flic » et sa botte droite (marée haute dans ladite botte qui continue de fuir apparemment) fait des « flac-sproutch » d'une élégance! Et ça, Kiki l'entend malgré les sautes de vent! C'est dire...

Ah l'enseigne du Mercure en vue droit devant! Elle se rapproche! 100 mètres, 50 mètres, 1 mètre...

La porte en verre... Ouiii ça y est! Elle est au sec! Vite un petit verre de vin blanc et une place devant l'écran géant! On va faire une de ces fêtes avec les copains! On va encourager Rafa! On va... Tiens la télé est éteinte?
« Jean-Jean! Ne me dis pas que ta box ne fonctionne pas! »
« Si, ma Kiki, elle fonctionne très bien. Mais y a pas de match à Roland-Garros aujourd'hui. Tous les quarts sont annulés. À cause de la pluie. Je t'en remets un? Tu ne vas pas ressortir de suite avec cette tempête! Tiens le deuxième verre est pour moi. Assieds-toi. »

Et c'est ainsi que notre Kiki vit Nadal l'emporter en quart de finale en battant Pablo Carreno-Busta 6-2, 2-0, abandon.
C'était le lendemain, mercredi, assise bien

au sec dans son fauteuil préféré, devant sa tv à la box réinitialisée.

Vive la retraite

Pour Michelle de la part de Janick

Avec les mots: aimer, gaîté, visites, jeux de cartes, chanter

Je ne regrette pas d'avoir enfin pu prendre ma retraite. Et comme dit mon amie Michelle (87 ans) une bonne retraite bien méritée, pourvu qu'on ait la santé, c'est " famille, amies, activités"!

Michelle, la maman de mon amie, a élevé cinq filles, son mari travaillait donc elle était mère au foyer. Mais depuis que ses filles ont quitté le nid, que son mari est décédé, elle aussi s'est retrouvée seule. Elle trouvait sa grande maison bien trop grande.
Alors elle a vite réagi: elle a « bougé » de la maison. Depuis elle a un agenda de ministre (enfin, un ministre qui travaille).

Comme elle a un joli brin de voix et qu'elle adore chanter (surtout avec les copines, lors de banquets! Elles aiment prendre une chanson connue et dériver les paroles!) elle est descendue « en ville » s'inscrire à la chorale. Allez hop, chez les alti! Et comme cette chorale est renommée (la chorale du Léon, pour ne pas la nommer), mon amie retrouve ses amis deux, voire trois fois par semaine pour répéter, dans la joie, la gaîté et la bonne humeur.

Elle adore aussi les jeux de cartes, c'est bon pour la mémoire. Alors elle s'est inscrite au club de bridge. Elle y va tous les mardis.
Deux fois par mois, elle a « belote » chez l'une ou chez l'autre. Avec ses amies de partie, c'est chacune son tour qui reçoit. Elles commencent par le goûter. Le café-crêpes, c'est primordial en Bretagne. Ensuite, ces dames font la vaisselle, rangent tout, sortent le tapis de jeu et les cartes et tapent le carton jusqu'à plus d'heure. C'est la plus jeune (77 ans) , bon pied bon œil, qui sert de chauffeur.

Pour faire les courses aussi. Lâchez-les, tous les jeudis à 16h, dans le super marché du coin (juste avant que les mamans n'aillent chercher les enfants à l'école, comme ça il n'y a personne sur les route, personne à faire ses courses): chacune avec son caddie, son sac, sa liste. En 20 minutes, montre en main, le circuit est bouclé, les quatre sacs sont dans le coffre, et les quatre mamies au café du coin. Et hop un café-crêpes plus tard encore une bonne journée de passée.

Et encore, il n'y a pas si longtemps, elles devaient être rentrées pour 17h30... Il y avait « questions pour un champion » à la télé. Avec Julien. Elles regardaient l'émission chacune chez elle, sauf le premier vendredi de chaque mois où, comme pour le bridge, chacune recevait les trois autres. Histoire de jouer elles aussi. Depuis que Julien a été remplacé, nos groupies ont abandonné ce rendez-vous. Elles boudent! Sauf Michelle. La mémoire, ça s'entretient, comme les muscles. Alors elle continue, en solo. Même si elle est d'accord avec Marie-Yvonne: sans Julien, ce n'est plus pareil.

C'est d'ailleurs pour entretenir sa santé que Michelle va aussi marcher, en randonnée, avec un autre groupe, tous les jeudis matins. Deux bâtons, deux bonnes chaussures de marche et comme son groupe a la même moyenne d'âge, ils trottent facilement par les sentiers, à un rythme régulier. 10 kilomètres, ça ne leur fait pas peur. En à peine plus de deux heures!

Le reste de la semaine elle le partage entre l'entretien de sa maison (ménage, aspirateur, repassage, il s'agit de ne pas perdre la main), la venue des petits enfants et les visites aux « petites vieilles » qu'elle connaît et qui ne bougent plus trop de chez elles (ou de la maison de retraite du coin).

Michelle refuse cette éventualité. Alors pour la repousser au maximum (voire à jamais), elle s'active. Dimanche dernier, elle était même aux premières loges pour voir ses arrières-petites-filles faire le petit tour de France. La pluie, ça ne mouille pas! ça entretient la vitalité et c'est bon pour les belles plantes. Vive la retraite active!

Parce que, comme le dit Michelle, l'activité c'est bon pour la santé.

C'est la Salsa!

Pour Véronique

Avec les mots: filles, natation, amitié, voyages, famille

La salsa c'est comme le vélo. Il faut se lancer ensuite ça vient tout seul.

En comptant ses pas de base seule dans son coin, Véronique essaie d'obéir aux consignes des profs: «Au début, pour apprendre, il faut compter les pas. Ensuite, au bout d'un certain temps de pratique vous devez pouvoir danser les 8 temps de pas de base en pensant à autre chose». Bon pour Véronique ce sera un temps certain. Point.

Allez, c'est reparti: « Un, deux, centre, et, cinq six, centre, et » « Assurez-vous de taper tous vos pas ». Facile!

Tiens, il est mignon son voisin de droite. Quel déhanché. Oups si les filles l'entendaient. Elles lui diraient « Maman tu n'as pas honte! Reluquer un gars! » Ben ils ne se gênent pas, eux, les gars. Au bord de la piscine, quand elle donne ses cours de natation, elle en voit bien des regards qui se posent sur sa silhouette. Toujours aussi sportive malgré les quelques années en plus. Non mais! Le zieutage n'est pas qu'une affaire de gars. Et puis d'abord, elle ne fait que regarder. Discrètement. Bon elle ne s'est pas emmêlée dans ses pas, c'est déjà ça.

« Tape, tape, dépose, cinq six, sept et... ». Elle commence à avoir chaud. « Pour le pas de côté, rappelez-vous de toujours revenir au centre. Les bras au-dessus de la ceinture ». Tiens son voisin la regarde, en douce. « Révisons maintenant le pas sur place ». Elle a baissé les yeux, un peu gênée. Non mais, elle ne va pas se mettre à rougir en plus! Bah! Après tout, c'est parce qu'il fait de plus en plus chaud.

« Engagez bien vos hanches, sinon vous aurez l'air d'un général d'armée. » Ah! Son voisin a pouffé! Si! Elle l'a vu! C'est vrai que le prof est drôle.
La prof est moins facile à dérider. Mais quel port! Elle est magnifique! Et une silhouette de gamine anorexique en plus! Elle doit être tout en muscles! C'est sûr, elle n'a pas accouché de quatre filles elle. Non, Véronique ne regrette rien. Elle constate, c'est tout. La famille est toujours passée avant tout. Sauf depuis quelques temps... le mardi soir, cours de salsa!

« Nous révisons maintenant le tour à droite. Un deux trois, pause, cinq six sept et... ». Le tour à droite, elle maîtrise. « Le tour à gauche est plus long, rappelez-vous!» et c'est parti pour le tour à gauche. Bon, là, c'est certain, elle doit compter ses pas. Elle ne l'a pas acquis ce tour. Mais ça va venir.

« Bien revoyons tous les pas avec partenaire. Formez vos couples. » Ah voilà le moment que Véronique redoute le plus: elle n'a plus de partenaire. Depuis belle lurette. D'habitude elle danse en solo. Parfois elle a une cavalière qui lui sert de cavalier. Véronique a horreur de ça. Bon, ben elle va aller faire tapisserie et file s'asseoir et boire un peu.

Tiens, le voisin l'a suivie. Véronique n'en revient pas! Il lui propose d'être son cavalier! En plus d'être mignon et d'avoir un beau déhanché, le monsieur est seul?! Véronique accepte, cela n'engage à rien.
« Tout d'abord assurez-vous que vos pas de base sont bien synchronisés. » Oui, leurs pas ont l'air d'être synchronisés, chic! La salsa en solo, c'est bien, mais à deux, avec monsieur, c'est mieux!   « Nous allons vous montrer, les garçons, comment guider votre partenaire. Tout se fait avec la main gauche. » Crac! Véronique a marché sur le pied de

son partenaire. « Oups pardon! » « Pas grave je n'ai rien senti! » et galant avec ça! Modèle rare! « Nous commençons en position ouverte. Messieurs présentez vos mains, paumes en haut ».

« Je m'appelle Jacques ». « Moi c'est Véronique ». « Bien, attention sur le tour à gauche suivant, reprenez en position fermée ». Son cavalier s'est rapproché, il la tient fermement. Pour un bon guide, c'est un bon guide. Véronique ne compte plus ses pas. Elle ne lui marche plus dessus. Magique!

« Maintenant étudions le pas de tango. » « Croyez-vous que la salsa forme aux voyages! Des Caraïbes, nous filons vers l'Argentine! » Tiens c'est un Jacques avec humour! Cette version d'homme elle ne la connaissait plus depuis longtemps. C'est plaisant. Véronique se fend d'un franc sourire. Un cavalier galant, qui sait danser et qui a de l'humour! Vive le mardi soir!

Bon, concentration: le pas de tango, ce n'est pas le plus facile. « Si vous me marchez encore une fois sur le pied, vous me devrez un verre! En toute amitié. »

Mais mais mais... il la drague ou bien? Non! Pas elle! Pas à son âge! Pas...! Et pourquoi pas? Après tout, la danse, c'est la vie! Elle s'entend lui dire « Oui ».

Le cours est terminé. Elle ne lui a plus écrasé les pieds. Jacques, ne sachant quoi faire, la salue et tourne les talons. Véronique le rattrape « On va le boire, ce verre, en toute amitié? s'étonne-t-elle de dire. Le bar d'à côté ne ferme que dans une heure. »

Il accepte. À la condition, rajoute-t-il qu'elle devienne sa cavalière attitrée.
Et qu'elle le laisse payer.
Finalement, la danse, c'est un excellent passe-temps. Très raffiné.

Et plus si affinité.

Pépite et travaux de rénovation

Pour Vanessa, amie de Frédérique

Avec les mots: famille, soleil, chien, bougainvillier, travaux

Ah la la mais qu'est-ce qu'ils font comme bruit. Pfff ils me ruinent ma sieste! Encore une fois! Non mais je vous jure.

Je vais finir par porte plainte pour tapage diurne.

Je ne les supporte plus leurs travaux. D'abord il y a eu la poussière, quand ils ont arraché la vieille moquette pourrie à l'étage. Mes pauvres poumons, je ne vous raconte pas. Heureusement que je ne suis pas asthmatique. J'aurais pu, remarquez. Mais bon.

Ensuite ils ont fait venir le plaquiste. Le gars qui monte des cloisons en plâtre. Et pan un rail par ci et plaf un rail par là. Et que je te scie les plaques et que je te tape sur les clous. Non mais c'est pas une vie! Remarquez, l'étage, il est devenu tout beau. Il y aura deux belles chambres (je n'ai pas encore choisi la mienne. J'attends de voir quand ils auront installé les rideaux) et une mezzanine. Ils ont presque terminé la salle de bain. Je déteste la baignoire. Trop grande, trop haute.

Là ils en sont à poncer les plâtres, et qui va encore se prendre de la poussière plein la truffe hein? Qui à votre avis? Et ce bruit de ponceuse, ça me gave grave.

Bon puisque personne ne daigne faire attention à moi, je sors. Et puis dans le jardin, je les entendrai moins.

Hou qu'il fait chaud. Pour du soleil, y a du soleil. Mince alors. Bon je serai mieux à l'ombre du bougainvillier. Vanessa adore cette plante. Mouais. Bof. C'est gros et ça prend plein de place. Mais bon hein, comme ça j'ai de l'ombre.

Vanessa, c'est ma maîtresse. Elle est adorable pour une humaine. Elle me comprend assez bien généralement. Quand j'étais petite, elle me pardonnait mes bêtises. De toute la famille, c'est elle que je préfère. Quoique. Les enfants sont chouettes aussi. Ils ne me tirent jamais les oreilles. Ni la queue. Ils sont gentils et ils jouent souvent avec moi.

Bon d'accord, on ne joue plus au frisbee. Pourtant je suis plutôt douée pour le rattraper et le mâchouiller. Ce n'est pas ma faute si ces disques sont en plastique pas solide hein.

J'aime bien les cacher et les enterrer aussi.

Mais là mon maître n'est pas trop d'accord. J'ai bien ri le jour où il a cru à une invasion de taupes dans le jardin... C'était juste un ou deux trous que j'avais faits pour ranger mes trésors... Un chausson, deux chaussettes, trois frisbees et un os à moelle de toute beauté.

Par malchance mon maître est tombé sur un des frisbees, assez rapidement. J'ai eu beau faire celle qui n'y est pour rien, genre Katherine Hepburn dans « L'African Queen», j'ai bien vu qu'il me soupçonnait. Du coup je me suis calmée, niveau terrassement.

Oui, je suis un peu cinéphile. Bogart, Bacall. John Huston... Ça c'était du film moi je vous le dis. Rien à voir avec les navets français d'aujourd'hui. Sauf « intouchables » peut-être. Mouais.
Bon, si ils continuent leur boucan d'enfer, je vais me lâcher grave sur leur belle pelouse refaite à neuf! C'est mon côté papillon: j'adore batifoler dans l'herbe.

Je n'ai pas un caractère à être rancunière mais c'est vrai quoi, la sieste, c'est sacré!

Postface

Vos questions, mes réponses

Parfois, au gré de mes messages, je vois que vous me posez souvent les mêmes questions. Voici quelques réponses. Pas toutes les réponses, je garde quelques secrets d'écriture!

La première question, la plus souvent posée:
- *Est-ce difficile d'écrire?*
  Je vous rassure: écrire ne me fait pas mal du tout. Heureusement car je suis très douillette.

Suivent les questions du genre:
- *Où trouves-tu l'inspiration?*
  Eh bien, chez vous! Si je vous ai demandé 5 mots c'est parce que c'est juste le bon nombre pour vous deviner, vous cerner, trouver le fil que vous voulez que je déroule pour vous... Alors tout devient limpide et... je ne prends évidemment jamais ce chemin que vous me tracez! Savez-vous que, pour quasiment chaque mot que vous me donnez, je trouve une autre définition que la vôtre? Prenez par exemple le texte n°30 avec les mots:

plaisir, plage, sable, maillot, nue.... orienté le texte hein? Ben au lieu de partir chez les nudistes, j'ai inventé Jojo... l'escargot au strip-tease torride! Et puis, quand, j'écris, devant mes yeux, j'ai un paysage magique de pelouse de plantes, d'arbres, d'oiseaux. J'ai vu passer un beau renard il y a quelques semaines. Véridique. Inspiration...

- *Comment as-tu fait pour écrire tous les jours?*

C'est simple: vous vous levez tous les jours, vous mangez tous les jours. Moi aussi. J'écris comme je vis. C'est mon don. Et puis j'ai mes conseillers privés: Zig et Portos. Mes furets. Je les sors tous les matins, on prend notre petit déjeuner ensemble. Pendant une grande heure, on joue ensemble. Je réfléchis en jouant... et crac quand ils vont jouer ailleurs, l'inspiration est là. Et puis j'écoute beaucoup de musique en boucle. Les Pianos Guys. Ed Sheeran. Vivaldi. Du Gospel. Très éclectique. Même quand je ne publie pas, j'écris un peu, tous les jours. Comme un sportif s'entraîne, comme un musicien fait ses gammes, j'écris des mots.

- *Comment t'y retrouvais-tu? Comment programmais-tu tes histoires?*

  J'ai deux blocs notes. Un petit sur lequel j'écrivais vos mots, dans l'ordre chronologique de vos demandes. Le second, plus grand, me servait de cahier de brouillon, pour y mettre mes idées de départ, mes « fils rouges ». Parfois je n'avais pas besoin de ce "brouillon". Parfois si.

- *Quels textes t'ont été les plus difficiles à écrire?*

  Paradoxalement, ce sont les textes pour mes proches: la peur de les décevoir sans doute. Ou le fait de trop bien les connaître. Pas facile alors de les étonner. Et peur d'ennuyer les lecteurs inconnus avec des trucs trop personnels.

- *Ton plus gros défi?*

  Les 40 mots de Pierre! Heureusement, 40 est un multiple de 5.....! C'est ce qui m'a donné l'idée du roman aux 8 chapitres.

- *Ton défi le plus fou?*

  Avoir envoyé sa lettre à Mr Macron, président de la République.

- *Mais, pour les gens que tu ne connaissais pas, comment as-tu fait? Ils ont des scores de "oufs".*

Je suis allée me balader sur leur page Facebook... des photos, un commentaire et hop le profil est tracé. Y a plus qu'à. Et comme ils ont aimé, ils ont partagé! Je les remercie encore une fois d'ailleurs car au départ j'avais écrit pour une seule personne, là-bas, dans le Quercy. Il a partagé. De 75 abonnés je suis rapidement passée à 96! Ils ont éclaté le score! Et avec un peu de chance, je vais arriver à en faire venir en Bretagne à la fin de l'été! Elle est pas belle la vie?! Et avec encore plus de chance, je ferai se rencontrer les Quercynois et les Bretons!

- *Qu'est-ce qui t'a motivée?*

D'abord: vous bien entendu! Au risque de me répéter, je vous dirai qu'un écrivain qui n'est pas lu, ce n'est pas un écrivain. Ensuite: les amis qui me connaissent. Sachez que vous devez tout quasiment à Janick. Eh oui. En novembre, devant le refus d'un ixième salon du livre de m'accepter, j'ai voulu tout arrêter. De toute façon les prix d'impression ont explosé. Je ne peux plus m'auto-éditer. Et je ne veux pas augmenter le prix de mes livres ; Je vous l'ai écrit sur ma page. Moins de 10 mn plus tard, Janick répondait que je ne devais pas arrêter! Parce que vous, sur Facebook, vous vouliez encore me lire. Merci Janick, merci vous toutes vous tous. Enfin: il y a eu celles et ceux qui ne voulaient pas participer ou qui n'avaient pas le temps, ou pas l'inspiration, et dont les proches ont joué pour eux. Crac le miracle! Ils (elles) ont lu et partagé aussi! Effet boule de neige.

- *Quel est le nombre quotidien de vues de tes textes?*

J'ai eu, pendant mes défis, jusqu'à 96 abonnés, 98 personnes aimaient ma page. Vous étiez quand même entre 150 et 200 à me lire quotidiennement. Avec mes 4 mousquetaires[2] en tête! Avec des pointes à pas loin de 300 vues.

- *Quel texte a eu le score le plus fort?*

La chanson sur la musique de la carmagnole a fait près de 300 vues... Puis il y a eu la lettre à Emmanuel et

---

[2] *NDLR: Merci à Janick, Fabienne et les deux Fred!*

Marine après leur débat... On en est à 958 vues ce matin. Je pense que l'illustration faite par Christian Faure y est pour quelque chose, le Quercy a dû venir faire un petit tour... Tant mieux!

- *Quel texte t'a le plus émue?*
Alors là, c'est personnel comme question. Je dirais celui que j'ai écrit « à la volée » (sans réfléchir, sans les 5 mots, sans demande) à la mort de Robert, le frère de ma grande amie que je considère comme ma grande sœur.

- *Le texte dont tu es la plus fière?*
Euh. Tous en fait! Ce sont mes bébés! C'est certain que je suis parfois un peu plus fière de l'un ou de l'autre. Mais je ne vous dirai pas de qui. Les autres seraient jaloux!

- *Tu es très éclectique[3]: roman, poèmes, nouvelles, contes pour enfants, chansons... quel genre a été le plus difficile à écrire?*
Tous les textes sont difficiles au

---

[3] *NDLR: Vous le découvrirez plus encore avec les tomes suivants qui, avec celui-ci ciblé sur les chroniques, regroupent l'ensemble des défis.*

départ: Je ne savais ni où j'allais, ni si mes histoires plairaient. Par contre, ce sont les poèmes qui m'ont pris le plus de temps. Je n'en avais plus écrit depuis des lustres. Je m'y suis prise quelques jours à l'avance. Surtout pour le premier car la personne qui m'avait donné 5 (groupes de) mots est une littéraire très cultivée. Je ne voulais pas me rater! Et je n'écris pas que pour les enfants! Tout le monde peut me lire! De 6 à 107 ans! Je ne fais aucun sectarisme.

Si vous avez d'autres questions, venez me retrouver je suis chaque jour sur ma page FB « Jo Le Lay écrivain »!

Autres recueils du même auteur

❖ Collection « Cinq mots pour une histoire »

Tome 1 – Les Chroniques

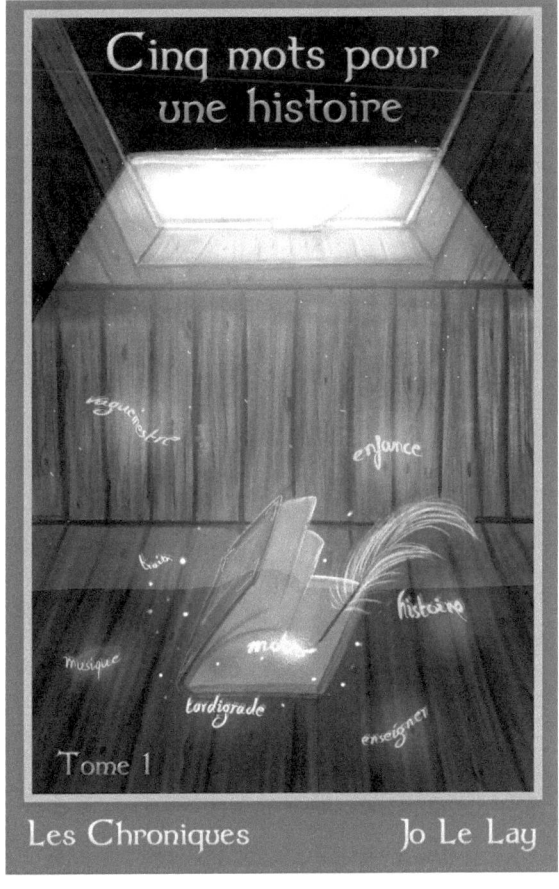

Tome 2 - Le Roman de Pierre

❖ Collection: « Petites Chroniques »

❖ Collection « Contes et Légendes du Pays de Locquirec »

Korrigans & Cie

Petites Histoires de Noël

Contact et Commandes

jo.lelay29@gmail.com

Page Facebook

https://www.facebook.com/jo.le.lay.ecrivain

BOOKS on DEMAND

Photo de Couverture
Marique Altariah

Mise en page
BMA Web Conseil
bmawebconseil@gmail.com